पाण्डवपुरम

पाण्डवपुरम

सेतु

अनुवाद

के. वनजा

वाणी प्रकाशन

वाणी प्रकाशन

4695, 21-ए, दरियागंज, नयी दिल्ली 110 002

शाखा

अशोक राजपथ, पटना 800 004

फ़ोन: +91 11 23273167 फ़ैक्स: +91 11 23275710

www.vaniprakashan.in
vaniprakashan@gmail.com

PANDAVPURAM
by Sethu
Translated from Malayalam to Hindi by K. Vanaja

ISBN : 978-93-5072-685-3
Fiction

प्रथम संस्करण

मूल्य : ₹ 200

हर्ष प्रिंटर्स, दिल्ली-110 093 में मुद्रित

वाणी प्रकाशन का लोगो मक़बूल फ़िदा हुसेन की कूची से

दो शब्द

आखिरकार मलयालम के प्रसिद्ध उपन्यासकार सेतुजी द्वारा लिखित 'पाण्डवपुरम' का हिन्दी में अनुवाद हो गया। भारत जैसे देश में जहाँ सबसे ज़्यादा जनसंख्या की भाषा हिन्दी है और संघ की भाषा भी हिन्दी है तब प्रत्येक प्रान्तीय भाषा की श्रेष्ठ रचनायें अनूदित होकर हिन्दी में आना सांस्कृतिक आदान-प्रदान की दृष्टि से एक आवश्यकता है। सेतु जैसे मलयालम के प्रसिद्ध रचनाकार की रचनाएँ हिन्दी में आना इसलिए ज़रूरी हैं कि विषयगत एवं शिल्पगत दृष्टि से मलयालम के आधुनिक उपन्यासों की खासियत से परिचित होने का मौका हिन्दी जगत् को मिल जाएगा और हिन्दी साहित्य के लिए भी यह एक उपलब्धि होगी।

आलोचना के क्षेत्र में जितनी रुचि है उतनी रुचि अनुवाद में मेरी नहीं थी। लेकिन अरुण माहेश्वरी ने मुझे सेतुजी की रचनाओं के अनुवाद के बारे में कहा तो खुशी के साथ एक चुनौती के रूप में मैंने उसे स्वीकार किया। सेतुजी से जब बात हुई, तब मैंने सोचा, जल्दी ही पुस्तक का अनुवाद करना है। पुस्तक हाथ में आयी २२ फरवरी २०१३ को। जब पुस्तक पढ़ने लगी तब लगा कि इसको पूरा किये बिना रह नहीं पाऊँगी। अनुवाद कार्य पूरा होते-होते पाण्डवपुरम मेरे दिलोदिमाग पर छा चुका था।

जब मैंने अनुवाद शुरू किया तब मुश्किल सा लगा। लेकिन अन्त तक आते-आते मुझे बहुत मज़ा आने लगा। यह अनुवाद कहाँ तक सफल हुआ इसका निर्णय करने वाले हिन्दी के पाठक ही हैं। यह पुस्तक सविनय हिन्दी पाठकों के सामने मैं प्रस्तुत करती हूँ। यदि 'पाण्डवपुरम' के साथ कोई अन्याय मेरी ओर से हुआ तो उसके लिए सेतुजी से और मलयालम पाठकों से मैं क्षमाप्रार्थी भी हूँ।

सबसे पहले अरुण माहेश्वरी से मैं कृतज्ञ हूँ जिन्होंने यह काम मुझे सौंपा। सेतुजी ने अनुवाद करने की अनुमति दी और वे आरम्भ से लेकर

अन्त तक प्रेरणा एवं प्रोत्साहन देते रहे। सेतुजी से एक रचनाकार के रूप में ही नहीं बल्कि एक संवेदनशील सज्जन के रूप में भी परिचित होने का अवसर मिला।

इस अनुवाद कार्य के सन्दर्भ में सबसे उल्लेखनीय नाम मेरे मित्र मोहनजी का है। उनके सहयोग के लिए शुक्रिया अदा करना औपचारिकता होगी, लेकिन शत-शत नमस्कार।

मेरी मातृतुल्य हिन्दी की विख्यात लेखिका चित्रा मुद्गल का स्मरण कर रही हूँ उनका प्यार एवं वात्सल्य ही मेरे जीवन का संबल है।

के. वनजा

एक

अक्सर जो डरावना सपना देखती हूँ कल रात उसकी बेमिसाल यादों के रंगीन शीशे के टुकड़ों को छिटकाते हुए पाण्डवपुरम मेरे मन में आ बसा। शरणार्थी-कॉलोनी के गिरजाघर में प्रार्थनागृह के सतरंगे शीशे के टुकड़ों वाला 'शररान्तल'[१] गिरकर टूट गया। रंगीन टिन की छतों के जो छोटे-छोटे घर पहले दिखाई पड़े उन पर लाल रंग की खपरैल बिछाई हुई थी। पीछे साँचे में ढले पीले रंग के मकान। पूरी कॉलोनी पीले रंग की है। फैक्ट्री की लम्बी चिमनी से निकलने वाली विषवायु से पीले पड़े लोगों के चेहरे। फैक्ट्री और कॉलोनी को जो काली सड़क जोड़ती है उसके किनारे के खम्भे पीला प्रकाश उगलते रहे। कॉलोनी के ऊपर मटमैला धुआँ बादल की परत के समान लटकता रहा। हमेशा उसका रूप और भाव बदलता रहा। कभी मुँह फाड़े खड़े मछुए का भूत। कभी सर्वसंहारी दुर्गा। कभी ध्याननिरत शान्तस्वरूपा और निस्संग माँ। उन भावों के बदलाव के अनुसार गुलामों के भाव भी बदलते रहे।

सूर्यास्त हो चुका था। कॉलोनी के पीछे वाले मैदान में कोहरा छा गया था। मैं ओस कणों से भीगी हुई समतल घास से होकर चल रही थी। अकेली, बिलकुल अकेली। मेरे सामने अँधेरे और कोहरे ने मिलकर कई झीने पर्दे पर लटकाये हुए थे। मैदान में कोई नहीं था। मैंने अपने आप से पूछा : देवी, तुझे डर नहीं लगता? इस रात अकेली सुनसान मैदान से... मैं खुद उसका जवाब नहीं दे पाई। मैदान को पार कर सलाई के बाड़े से घिरे ऑरेंज के बगीचों के बीच से भीगे रास्ते से मैं लक्ष्यविहीन होकर चलती रही। कुछ आगे जाकर चौंककर मुड़के देखा। पीछे गेट से सटकर वह बड़ी मूँछवाला चौकीदार खड़ा है।

हाथ में एक-एक पत्थर, काँच के टुकड़े, मुट्ठी भर वायु, पहचानी हुई बू और आवाज़ जो तस्वीर बनाते हैं उन सबको मिलाकर पाण्डवपुरम की सृष्टि करने की जब कोशिश करती हूँ तब मन दुःखी हो जाता है। सालों पहले जिस आदमी से एक हफ्ते का ही परिचय था उसकी पत्नी बनकर वहाँ डरे-सहमे पैर रखा। कल रात नींद आए बिना बिस्तर पर लेटते समय पाण्डवपुरम के काले दुबले गाड़ीवान के बूढ़े घोड़े की टापें सुनीं। बाँस की सीढ़ी

१. शररान्तल - एक विशेष प्रकार का दीपक।

पार कर ज़ोरों से टापें सुनाते हुए उस आँगन में घर के चारों तरफ कई बार फेरा डाला। खिड़कियाँ खोलकर देखने से डरती थी। घोड़े पर वह बूढ़ा गाड़ीवान ज़रूर बैठा होगा। उसका नाम कभी भूल गयी थी। लेकिन काली धुंधली टोपी के नीचे कीच भरी धुँधली आँखें और चेचक के दाग से भरा चेहरा अब भी मेरी यादों में बसा रहता है। उसको भूल नहीं पाई। उसकी गाड़ी में मैं और कुंञिक्कुट्टेट्टन[१] टीले के ऊपर स्थित देवी मन्दिर में पहली बार गए।

टीले के ऊपर पत्थर की दीवारों के बीच ठाकुर द्वारे में लाल वस्त्र पहने माँग में सिन्दूर भरकर देवी पद्मासन में बैठी हुई थी। ध्यान की अग्नि से उसका चेहरा एकदम चमक रहा था। सिन्दूर झरता रहा। पूरा चेहरा लाल हो गया। उस अग्नि में पाण्डवपुरम का एक-एक जार पतिंगे के समान गिरकर जल गया। जिन बेनसीब स्त्रियों के पति खो गए उसने उस भस्म से उनके माथे पर बिन्दी लगाई।

वह पाण्डवपुरम की सुमंगली-स्त्रियों की रखवाली थी। पाण्डवपुरम पहुँचने वाली हर सुमंगली स्त्री उसकी पूजा करती थी, उससे प्रार्थना करती थीः देवी, पाण्डवपुरम के जारों से मेरी रक्षा करो। उनके आकर्षण में मत फँसने दो।

फिर भी पाण्डवपुरम की गलियों से होकर ज़ार लोग मस्ती में चलते रहे, अनाथ लड़कियों की ज़िन्दगी को बाजी पर लगाने के लिए।

हज़ारों कोस दूर इस निर्जन फ्लेटफॉर्म परअजनबी मुसाफिरों को लेकर आने वाली गाड़ी के इन्तजार में बैठते समय लगता है कि पाण्डवपुरम बहुत दूर है। थोड़ी चौंककर और दर्द के साथ पुनः-पुनः याद करती हूँ; पाण्डवपुरम कितना दूर है।

रेल की पटरियाँ डूबते सूरज की धूप में चमकती हैं। सलाई के बाड़े के पार बनाई गई लाल मिट्टी की सीढ़ियाँ जहाँ समाप्त होती हैं वहाँ कतार में निर्मित पीले मकानों के बीच भैंसें रंभाती हैं। पीछे प्राइमरी स्कूल के सामने मिट्टी के ढेरों और पीले मकानों के ऊपर जलता हुआ आकाश।

दिन में एक बार दौड़ते हाँफते आने वाली गाड़ी से उतरने वालों में पाण्डवपुरम से आने वाला कोई नहीं होगा। यहाँ से पाण्डवपुरम में आजीविका के लिए एक ही आदमी गया था मेरा कुंञिक्कुट्टेट्टन। जिस घास के मैदान में गायें चरती हैं उसके पार एक छोटा-सा टिन का छप्पर है, पाण्डवपुरम का रेलवे स्टेशन। फैक्टरी के पास एक और स्टेशन है। मैदान के पश्चिम भाग के शरणार्थी-डेरों और उत्तर भाग में टीलों के बीच के छोटे से तालाब में जो मछलियाँ मस्ती करती हैं उन्हें देखते हुए किनारे पर सफेद

---

१. कुंञिक्कुट्टन एट्टन = कुंञिक्कुट्टेट्टन
कुंञिक्कुट्टन - देवी के पति का नाम है।
एट्टन - केरल में अधिकांश स्त्रियाँ अपने पति को 'एट्टन' पुकारती हैं।

बगुले तपस्या करते थे। शहर की तरफ सामान लेकर बैलगाड़ियाँ जाती थीं। उनकी घंटियों की आवाज़ों से चौंककर जो बगुले उड़ जाते थे वे बहुत देर के बाद शाम के समय वापस आते थे। यह इसलिए कि बहुत पहले बन्दूक थामे कुछ युवा यात्री उस तालाब के किनारे आ पड़े थे। उस दिन तालाब के गहरे रंगीन पानी में खून का रंग घुल गया...

लाल कमीज़ पहने, दाहिने पैर में कीले के रोग (गोखरू) वाले पोर्टर ने खम्भे पर लटकाए लोहे की पटरी पर ज़ोर से मारा। पटरियों की तरफ विद्वेष से खँखारकर थूका। आवाज़ की तीलियाँ छिटककर लोहे के टुकड़ों पर पड़कर बिखर गईं। टिन के छतों के बीच में डेरा डाले कबूतर शोर से गुटुरगूँ कर उड़ गए। जल्दबाजी में यूनिफॉर्म का बटन लगाते हुए तहा हुआ झंडा लेकर स्टेशन मास्टर अपनी कोठरी से निकल आया। उसके चेहरे पर दोपहर की नींद खराब होने का गुस्सा था। कीच भरी आँखें मसलकर ज़ोरों से जंभाई लेते हुए उसने गुरुवायूरप्पन का नाम लिया। इसी बीच बेंचों पर बैठे ऊँघने वाले चार-पाँच यात्रीगण चौंक उठे। वे उठकर प्लेटफॉर्म के छोर पर जाकर उत्तर की ओर देखते खड़े हो गए। दूर लोहे के खम्भों के उस पार एक काला वृत्त दिखाई पड़ा। फिर वह बड़ा होकर, धुआँ उगलते हुए घने काले चेहरे के साथ, किसी दूसरे ग्रह से रहस्य सन्देश लेकर आने वाले दूत के समान, टापों के साथ आगे आया।

लक्ष्य तक पहुँचने की तसल्ली एवं इत्मीनान के साथ गाड़ी रुक गई।

कुछ लोग उतरे। टिफिन लेकर सुबह उत्तर दिशा की ओर मज़दूरी के लिए गए हुए लोग। चार-पाँच छात्र। मछली की टोकरी ढोते मुसलमान लोग। जमेंती-फूल से बालों को सजाए, नथनी पहने, तम्बाखू की बू फैलाती काली तमिल स्त्रियाँ।

देवी बेंच से हिली नहीं। लेकिन आँखें भीड़ में किसी को ढूँढ़ रही थीं। उनमें पाण्डवपुरम से आया कोई है? कन्धे तक बाल। ढीला लम्बा कुर्ता, काली पतलून। तनती शिराओं वाले काले मज़बूत हाथ। सिगार की दागवाली लम्बी उँगलियाँ। जार की तीक्ष्ण आँखें। जार का स्थाई मुखभाव। उसका नाम क्या है? याद नहीं। लेकिन, धंधा जानती हूँ। वह पाण्डवपुरम के होशियार जारों में से एक था। पहली बार पाण्डवपुरम में उन्मीलित आँखों वाली नई शादीशुदा जो ग्रामीण लड़कियाँ विस्मय के साथ पहुँचती थीं उनके लिए वह खतरा था। वह युवक रात को पड़ोस के घर की खिड़की के पास सिगार पीते हुए चमकती आँखों से शयनकक्ष की ओर घूरकर देखता खड़ा होता था। जिन जारों ने पाण्डवपुरम के कई परिवारों का नाश किया उनमें से एक है वह।

गाड़ी से उतरे लोग ऊँची आवाज़ में बोलते हुए गेट से बाहर गए। जिनको गाड़ी में चढ़ना था वे चढ़ गए। प्लेटफॉर्म खाली हो गया। पुनः घण्टी बजी। गाड़ी ने आवाज़ लगाई। स्टेशनमास्टर ने जंभाई लेते हुए गुरुवायूरप्पन का नाम लेकर हरा झंडा दिखाया। और एक रस्म

को भी निभाया, इसी तसल्ली के साथ उसने पुनः अपनी कोठरी में प्रवेश किया। ताल लय के साथ गाड़ी रेंगती गई। उसके द्वारा छोड़ा गया धुआँ मिटे बगैर बस बहता रहा।

नहीं, इस गाड़ी में भी नहीं, कल? कल भी नहीं आयेगा? शायद, वह अब गाड़ी में होगा। दो दिन और दो रातें गाड़ी में बैठे-बैठे वह ऊब गया होगा, जार बनकर जन्म लेने की नियति पर अपने आपको शाप देता होगा। उसको आने दे, जरा आने दे। यहाँ आए बिना कहाँ जाएगा? उसको मेरी उँगलियों की ये पतली डोरियाँ चलाती हैं।

मैं उसका आवाहन कर रही हूँ, पाण्डवपुरम से।

देवी धीरे से उठी। साड़ी सँभालकर छतरी लेकर गेट की ओर चली। गेट पर हाथ फैलाते हुए खड़े सफेद कमीज वाले, काले इकहरे टिकट कलक्टर को अनदेखा करते हुए चलने लगी। एकदम सामने खड़े होकर उसने पूछा:

'तेक्केप्पुरम स्कूल की टीचर हैं न?'

उसने यों ही सिर हिलाया।

'देवी टीचर हैं न?'

उसने सिर उठाकर इस भाव से देखा कि उसको यह कैसे मालूम हुआ? वह हँस रहा था।

'मेरी बेटी टीचर की क्लास में पढ़ रही है।'

'पी. के मालती।'

'मालूम है।' वह फुसफुसाया।

'मालू हमेशा टीचर के बारे में कहा करती है।'

'उँ'।

'एक बात पूछूँ, गलत मत समझिए। टीचर रोज क्यों गाड़ी के समय पर इधर आकर बैठती हैं? कोई आने को है? प्रायः रोज़ दिखाई देती हैं। कई दिनों से पूछना चाहता था।'

उसकी आवाज़ में यह डर था कि क्या मैं गलत समझूँगी।

'यों ही', वह आगे बढ़ने लगी तो वह हट गया। फिर भी वेटिंग रूम के छोर तक पीछे आया।

'कोई आने को है?' उसने फिर से पूछा।

'होगा'

'नहीं, मतलब कि...

उसने थोड़ी हिचक से पूछा: 'टीचर के बहुत निकट का कोई होगा, है न?

जवाब मेरे अन्दर से गले तक आया।

एक आदमी आने को है, मेरा जार।

वह जल्दी से सीढ़ियाँ उतरी।

'सुनो, यों ही पूछा।' पीछे से उसकी आवाज़ आई।

पीपल के पास दीवार से सटकर रुकी हुई टैक्सी में बैठते दो आदमियों को अपनी ओर इशारा कर कुछ बोलते हुए उसने देखा। उस ओर ध्यान दिये बिना वह जल्दी चली गई।

अड्डे में बस, गाड़ी से आने वाले यात्रियों का इन्तज़ार करती होगी। बस न पकड़ पाने पर चार-पाँच कोस तक चलना पड़ेगा। घर पहुँचने तक अँधेरा हो जाएगा। वह जल्दी-जल्दी चल पड़ी।

दो

पहाड़ों के बीच से काला आकाश नीचे उतर आया। तिरछी पड़ती बारिश की झीनी फुहारों को जोरों से छिटकाते, गुस्साते, काँपते, बालों को खुला छोड़ते वह ढलान से उतरी। उसका गर्जन उसकी पायल-ध्वनि सुनकर पेड़-पौधे काँप उठे। झाड़ियों में छिपी लोमड़ियों ने चौंककर ऊँची आवाज़ लगाई। उसकी नथनी की चमक बिजली की कौंध समान तेजी से दौड़ गई। उसके पैरों के आघात लगे विषैले काँटों से महाविष रिसने लगा। उसके मुँह के कोने से बहती रक्त की बूँदें छिटक 'तेच्ची'[१] खिल उठी। गहरी होती बारिश के शरव्यूह को भेदते हुए मस्ती में वह निकली। उसके मदमत्त शरीर की तीखी तपिश में, डूबते दिन में, पसीने की बूँदें इकट्‌ठी हुईं...

बारिश और हवा की समाप्ति के बाद, इस शाम की सायंकालीन लालिमा से, बादलों की परतों के बीच से बूढ़े घोड़े पर चढ़कर आनेवाला युवा राजकुमार दिखाई पड़ा। ज़रीदार पगड़ी के नीचे तमतमाता चेहरा। नीचे की ओर लटकती छोटी मूँछें । सतरंगी वज्रकुण्डल। लम्बे गले में भीगे अँधेरों का जहरीला दाग।

नहीं, नहीं। कहीं कोई गलती हो रही है। सबको फिर से समेट लूँगी। हाथ में लिये एक-एक पत्थर, काँच का टुकड़ा, मुट्‌ठी भर की वायु, पहचानी हुई गन्ध, सबको मिलाकर एक रूप बनाऊँगी। ढीला-लम्बा गेरुआ कुर्ता, काली पतलून, तनती शिराओं वाले काले मज़बूत हाथ, सिगार की दाग वाली उँगलियाँ। हाथ फैलाकर, ज़रा बाईं तरफ झुकी हुई चाल।

थके माँदे चेहरे पर जलती हुए दो आँखें। जार की आँखें।

हाँ, वैसा ही है।

दृश्यमान सीमाओं को पार कर उड़ान भरते समय कभी ज़रीदार पगड़ी के नीचे का तमतमाता चेहरा फीका पड़ जाता है। चक्राकार लहरों के बीच जलती दो आँखें।

हाँ, वे सब ठीक हैं। कल्पना और सत्य के बीच की अस्पष्ट सीमाओं को मैंने कब से तोड़ा है। सत्य को कल्पना और कल्पना को सत्य बनाने की मेरी अपनी महारत मुझे अब खुशी नहीं देती है।

---

१. तेच्ची - एक पौधा जिसमें लाल फूलों का गुच्छा खिलता है।

लेकिन, यहाँ, मैं इस प्रकार कीले लगाकर टिका दूँ। खोए हुए सौन्दर्य की कल्पनाएँ भटकती स्मृतियों को कहीं पहुँचाती नहीं हैं। इसलिए बहुत प्रयास करके मैं अपनी कल्पनाओं को रूप सौन्दर्य दे दूँ। उन्हें रंगों एवं गन्धों से भर दूँ।

ढीला लम्बा गेरुआ कुर्ता, काली पतलून, तनती शिराओं वाले काले मज़बूत हाथ। सुतवां चेहरे पर चमकती आँखें। उसका आना आकाश से नहीं। उसके पैर हमेशा ज़मीन को छूते हैं। मासूम लड़कियों को जाल में फँसाने और गुलाम बनाने के लिए जन्मा।

मैं सब कुछ दबाकर रखती हूँ। पता नहीं, रोज़ मैं क्यों उसका इन्तज़ार करती हूँ और पता नहीं क्यों सभी सम्मोहन शक्तियों को जाग्रत कर उसका आवाहन कर उसे खींच लाने को लालायित हूँ।

लेकिन उस शिकारी की आँखें। पहाड़ के ढलान से गर्जती उतरी देवी का रूप अब मेरे सामने नहीं है। बारिश कम हो गई थी। काले बादल उमड़ते आकाश में विलीन हो चुके थे।

मैं उसके आने की तैयारी करूँ। उसके पैरों को लाल मिट्टी छूते अब मैं देख रही हूँ। थूनी के पास एक टैक्सी आकर रुक गई। सड़क किनारे बालू के ढेर पर बैठे युवक ने बीड़ी का टुकड़ा फेंक हिले बगैर सिर घुमाकर देखा।

यात्री ने ड्राइवर से कहा- 'कलरिप्पाडम कुंञिक्कुट्टन का घर कहाँ है?'

युवक ने पगड़ी उतारकर दाढ़ी और सिर खुजलाकर पल भर सोचने के बाद कहा:

'कलरिप्पाडम वाले यहाँ चार-पाँच घर तो हैं। उनमें कुंञिक्कुट्टन सर का घर कौन-सा है? पता नहीं।'

'उत्तर दिशा में पाण्डवपुरम में नौकरी के लिए गया हुआ कुंञिक्कुट्टन।'

'कौन सा पुर है कौन जानता है।' युवक ने अपनी नासमझी जाहिर की : यहाँ से बाहर गए कुछ सिपाही हैं। वे सब अब कहाँ हैं, कौन जाने ?'

'कुञिक्कुट्टन सेना में नहीं था। फैक्ट्री में था।' यात्री ने सिर बाहर कर थोड़ी सी झुँझलाहट से कुछ विस्तार देने की कोशिश की।

'कुंञिक्कुट्टन के माथे पर चोट का बडा दाग था। चाल कुछ बाईं तरफ झुककर थी...'

सुनकर युवक को हँसी आई। नीवी से बीड़ी लेकर जलाते हुए वह कह उठा :

'सर, वैसा-तैसा कहने से कौन समझ पाएगा? सर, रुकिए। मैं ज़रा उस पान की दूकान पर पूछ के आता हूँ।'

टैक्सी ड्राइवर इसी बीच बाहर निकला। थूनी पर अक्षरों की जो नक्काशी है वह फफूँद से मिटती जा रही है। इसलिए पढ़ना मुश्किल सा प्रतीत होता है। थोड़ा प्रयत्न करके उसने पढ़ा :

'कलरिप्पाडम कुंञुण्णिमेनोनजी-का'

'वह कुंञिक्कुट्टन का प्रपितामह था।' यात्री ने कहा :

'वे बड़े प्रतापी थे। एक ज़माने में कलरिप्पाडम वाले पूरे प्रांत के शासक रहे थे। उन लोगों ने जिन-जिन खाते पीते परिवारों से रिश्तेदारी जोड़ी उन पर सब कुछ लुटाकर पूरी सम्पत्ति को तबाह कर डाला। नहीं तो कुंञिक्कुट्टन को नौकरी के लिए भटकते-भटकते पाण्डवपुरम में आने की कोई ज़रूरत नहीं पड़ती। मुझे कुंञिक्कुट्टन ने सब कुछ बताया था... मुझे सब कुछ मालूम है।'

तब तक युवक पान वाले को लेकर आ चुका था। लाल मुँह के खिसते दाँतों को दिखाते हुए 'वेन्तिङा'[१] पहने ईसाई आदमी ने कहा :

'जी, जिस घर के बारे में आप कह रहे हैं, वह समझा नहीं हूँ। इधर कलरिप्पाडम के सात-आठ घराने हैं। जब सम्पत्ति का बंटवारा हुआ तब सब अलग-अलग हो गए। वे भी शायद परस्पर एक दूसरे को जानते नहीं होंगे।'

'जी, कहाँ से'?

'मैं उत्तर दिशा के पाण्डवपुरम से हूँ, कुंञिक्कुटन जहाँ काम करता है। मुझे कुंञिक्कुट्टन के घर जाना है।'

तब आप एक काम कीजिए। इन कलरिप्पाडम के लोगों में एक परिवार थोड़ा सम्पन्न है। उण्णिमेनोन मास्टर उस परिवार में शादी करके आये हैं । उनसे पूछने पर पता चल जाएगा। वे तेक्केप्पुरम स्कूल के अध्यापक हैं। 'करयोगम'[२] के अध्यक्ष हैं। यहाँ के सभी नायर लोगों को वे जानते हैं।

'वे कहाँ रहते हैं?'

'कलरिप्पाडम के पुश्तैनी घर में। पुराने को गिराकर उन्होंने सुन्दर नयी टेरेस्ड बिल्डिंग बना ली है। सीधे जाना काफी है।'

ईसाई ने दक्षिण की ओर इशारा किया। वह कंकड पत्थरों से भरा ऊबड़-खाबड़ रास्ता।

'अप्पूट्टन वैद्य की वैद्यशाला के पास से पश्चिम की ओर मुड़ना है। थोड़ा आगे जाने पर एक मन्दिर और पीपल का चबूतरा दिखाई पड़ेंगे। चबूतरे से घूमकर फिर दक्षिण की ओर जाना है। याने मन्दिर के तालाब की साइड से होकर...'

'ज़्यादा नहीं है।' युवक ने बीच में कहाः 'बाईं तरफ सफेद रंग की दीवार और देहरी हैं। घर आसानी से पहचाना जा सकता है। दीवार के ऊपर से आँगन में 'चेंपरत्ती'[३] की झाड़ी दिखाई पड़ेगी। वही है उण्णिमेनोन मास्टर का घर।'

---

१. वेन्तिङा - ईसाई लोगों की एक प्रकार की माला जो अपने धर्म को सूचित करती है।

२. नायर जाति का संगठन है।

३. लाल रंग का फूलवाला पौधा।

'इस रास्ते से गाड़ी चली जायेगी?' ड्राइवर ने थोड़ी शंका से पूछा।

'क्या, गाड़ी चलेगी? अच्छा बना!' युवक हँसा। उण्णिमेनोन मास्टर करयोगम के अध्यक्ष हैं। अगले चुनाव में पंचायत-अध्यक्ष पद के उम्मीदवार हैं...

गाड़ी चली।

सिगार सुलगाते हुए यात्री ने ड्राइवर से पूछाः

'यह गाड़ी आपकी है?'

'नहीं सर। अयमतुकुट्टी हाजी की है।'

'अच्छी सवारी मिलती है?'

'क्या सवारी सर?' ड्राइवर ने लम्बी साँस ली।

'यहाँ टैक्सी कौन बुलाता है। कभी-कभार कोई गाड़ी में यहाँ आता है। इस ओर प्राइवेट बस है। थोड़ा वेट इन्तज़ार करो तो सत्तर पैसे से काम चलेगा। तब टैक्सी किसको चाहिए? रोज़ एक डयूटी के समान स्टेशन के सामने गाड़ी ले जाता हूँ। कहीं कुछ मिलता है तो ठीक नही तो, हाजी की खुद अपनी यात्राऐं भी तो बहुत हैं, इससे थोड़ा काम चल जाता है।'

अप्पुक्कुट्टन वैद्य की वैद्यशाला दिखाई पड़ी। वहाँ से पश्चिम की ओर मुड़ा।

पुराना मन्दिर। हाथी के शामियाने के शहतीर टूटकर लटक रहे हैं। पीपल के चबूतरे पर बिखरी पड़ी कौए की बीटों के बीच लम्बे बालों वाले दो युवक उदास बैठे हैं। पीछे, टिन के टुकड़े पर कालिख से लिखा हुआ सूचना पट 'विजयकेरल टूटोरियल कॉलेज।'

गाड़ी टेढ़े रास्ते से मुड़कर, एक बीच वाले रास्ते पर आयी। दोनों तरफ काँटों के बाड़े। मुश्किल से एक कार जाने की चौड़ाई ही है। सामने से मच्छी की टोकरी ढोकर आयी 'अरय'[१] स्त्री ने ज़रा सकपकाकर कोसते हुए बाड़े से सटकर गाड़ी को जाने की जगह दी।

बीच के रास्ते से फिर मुड़कर गाड़ी खुले में आयी। नये सफेद रंग से पुति दीवार। नई बनाई देहली। दीवार के ऊपर खिले हुए 'चेंपरत्ती' के फूल।

'जी, यही घर होगा।' ड्राइवर बोला। यात्री उतरा।

गाड़ी की आवाज़ सुनने से देहली का दरवाज़ा खोलकर किसी ने झाँककर देखा।

'उण्णिमेनोन मास्टर का घर यही है न?' यात्री ने पूछा।

'हाँ'।

देहली का दरवाज़ा पूरा खोलकर वह बाहर निकल आया। थोड़ा सफेद एवं छोटे बालों वाला मोटा आदमी, घनी भौंहें, चौड़ा सीना । भारी तोंद। ठोड़ी की जगह एक उभार है। गले में व्याघ्रनखवाली लम्बी 'मणिमाला'[२] है।

---

१. मछली सम्बन्धी धन्धा करने वाले लोग

२. मणिमाला - गोलाकार के सोने गूँथ गूँथकर निर्मित माला।

रुको। एक दुश्मन का चेहरा, अपने भीतर उभरने वाली फेनिल घृणा में घोलकर, पूरी भयानकता के साथ उसका खाका खींचने में क्या मैं सफल हो पाऊँगी? नहीं तो, पानी के बहने से फफूँद भरे मन्दिर की दीवारों पर, कालिख से खींचे कई चेहरों में क्या एक उस आदमी को दे दूँ? लेकिन उण्णिमोनोन मास्टर का एक स्थाई चेहरा है। फिर भी, लगता है कि एक ही चेहरे को कई लोग कई प्रकार से देखते हैं। मेरे प्रिय के चेहरे पर थूकने के लिए भी कई लोग होंगे। नहीं तो, चेहरे और आदमी के बीच क्या रिश्ता है? मुखौटे हटाकर दूर फेंक देने में क्या हम सक्षम हैं?

इसलिए उण्णिमेनोन मास्टर को मैं उनका अपना चेहरा ही दे रही हूँ।

'उण्णिमेनोन मास्टर हैं न?' यात्री ने पूछा।

'हाँ... मैंने पहचाना नहीं।'

'मैं कलरिप्पाडम के कुञ्जिक्कुट्टन का घर ढूँढ़ रहा हूँ।'

'कुंञिक्कुट्टन?' उण्णिमोनोन की भौंहें टेढ़ी हो गईं। छोटी मूँछों को सहलाते हुए थोड़ी देर तक वे कुछ याद करते रहे।

'दूर उत्तर में, पाण्डवपुरम में काम करने वाला...'

'हाँ हाँ! पहचानता हूँ। लेकिन अब कुंञिक्कुट्टन इधर तो नहीं है। पता नहीं कहाँ है, कौन जाने?

'मैं पाण्डवपुरम से आया हूँ।'

क्या यहीं के लिये आए हो'?

थोडी हिचक के साथ वह बोलाः

'जी हाँ।'

उण्णिमेनोन की आँखों में तुरंत लालच प्रकट हुआ। उन्होंने धीमी आवाज़ में पूछाः

'क्या कुंञिक्कुट्टन ने कुछ दिया है? कुछ रुपया या चीज़ें...?'

'वह...' यात्री थोड़ा झेंप गयाः 'मैं थोड़ी जल्दी में आया हूँ। आने से पहले कुंञिक्कुट्टन से मिल नहीं पाया।'

ओह! अफ़सोस एक प्रकार से, वे भी कलरिप्पाडम परिवार के ही हैं। लेकिन आजकल उनकी हालत देखते तो...' वे थोड़ा हिचक कर रुके कि क्यों एक अजनबी से यह दुखड़ा रोया जाए।

'क्या, कुंञिक्कुट्टन, कुछ रुपए नहीं भेज देता है?' उसने पूछा।

रुपया भेजता? छी! उण्णिमेनोन मास्टर ने खखारकर थूका। कलरिप्पाडम परिवार का बीज है न? वैसी कोई तमीज़ है? रुपया तो छोड़ो, पत्नी के नाम पर एक स्त्री इधर है। कम से कम उसको एक खत तो भेज ही सकता है न? वो भी नहीं...

'क्या मैं जाऊँ, मास्टर?' टैक्सी ड्राईवर सिर खुजलाते हुए बोला। ज़रा कुंञिक्कुट्टन

का घर दिखा दे तो अच्छा होता।' उसने उण्णिमेनोन से कहाः 'गाड़ी छोड़ दूँ।'

'गाड़ी छोड़ो। यहाँ पास ही है। मैं दिखा दूँगा।'

ड्राइवर ने कार की डिक्की खोलकर एक काला सूटकेस और एयर बैग बाहर निकाले। उण्णिमेनोन की आँखें लालच से उस सूटकेस को निहारने लगीं।

ड्राइवर बहुत खुश हुआ, क्योंकि दो रुपया ज़्यादा मिला। उसने नमस्कार करते हुए आदर के साथ पूछाः .

'क्या आप आज ही वापिस जाएँगे?'

उसने उसके सम्बन्ध में सोचा तक नहीं था। जवाब उण्णिमेनोन ने दिया- 'देर बहुत हो गई, आज नहीं जाना है।'

उनकी आँखें तब भी सूटकेस पर ही लगी हुई थीं।

'क़ल सुबह की गाड़ी से जाना ठीक है। दूर से आए हैं न? एक दिन इधर रुक के जाना अच्छा रहेगा।'

उसने कुछ नहीं कहा ।

फिर भी ड्राइवर गया नहीं इधर उधर देखकर बोला

'तो कल सुबह गाड़ी ले आऊँ।'

'नहीं चाहिए' उण्णिमेनोन ने टोकाः

'ज़रूरत पड़ेगी तो बुलाएँगे।'

एक बार और नमस्कार करके ड्राइवर ने गाड़ी स्टार्ट की।

इसी बीच उण्णिमेनोन मास्टर लगभग सूटकेस छीनते हुए भीतर घुस चुके थे।

'यहाँ आइये बैठिए।' उसने आमन्त्रित किया।

'वह सब बाद में, सबसे पहले कुंञिक्कुट्टन के घर जाऊँगा।'

'ठीक है।' अच्छा न लगने पर भी नीरसता प्रकट किए बिना सूटकेस उठाके उण्णिमेनोन मास्टर आगे चले। पीछे वह भी।

'मास्टर, दिक्कत मत उठाइए। पेटी मैं ले लूँगा।' 'इसमें क्या है? छोड़ दो।'

खुले मैदान से वे तंग गली में पहुँचे। बहुत ही तंग गली है। गन्दे पानी से भरे गड्ढे। सुबह पानी बरसा होगा। बाड़े के खम्भों के बीच की लताओं के पत्ते भीगे हैं।

'कुंञिक्कुट्टन के घर की हालत बहुत बुरी है। उण्णिमेनोन मास्टर बहुत कुछ कहने को बेकरार हो घुट रहे हैं। जब परिवार का बँटवारा हुआ तो सैंतीस सेंट के नारियल का बगीचा मिला। उसमें एक छोटा सा घर भी। पर वही एक 'कोंगिणी'[१] के पास दो हज़ार रुपये में बन्धक है। उस ज़मीन से जो नारियल मिलते हैं वह उठा लेता है। ब्याज और कर्ज के रूप में हिस्सा लेने के बाद वह कुछ देता भी नही। हालाँकि आगे वह ज़मीन चली ही

१ कोंगिणी - एक जाति विशेष। वे गोवा से इधर आए।

जाएगी। फिर उस लड़की को स्कूल से जो रुपए मिलते हैं उससे उनका गुज़ारा हो जाता है। आश्चर्य होता है, कुंञिक्कुट्टन को नौकरी और वेतन सब हैं न? यदि वह चाहता तो क्या यह दो हज़ार रुपए का कर्ज चुका नहीं सकता था?'

वह कुछ बोला नहीं। 'सचमुच, कुंञिक्कुट्टन की कोई नौकरी नहीं है? न स्थाई आमदनी? वह चाहता तो क्या दो हज़ार रुपए का कर्ज चुका नहीं सकता था?'

क्या जवाब दूँ?

'मुझे मालूम है कि वो सब हो जाएगा।' उण्णिमेनोन मास्टर जवाब का इन्तज़ार किए बिना बोलते रहेः चाह मुख्य है। कुटुम्ब से जो शेयर मिला, वहाँ से इधर-उधर के लोगों द्वारा नारियल उठा ले जाते देखकर शरम आनी चाहिए।

सालों तक पुरखों ने यहाँ शेरों की तरह शासन किया आज उसमें पड़ी दरार देखकर लगता है कि शरीर के ही टुकड़े हो गए हैं। हालाँकि यहाँ के नायर लोगों को ऐसा नहीं लगता। यही तो हो जाता कि बाहर से आए ईसाई मनमानी कीमत पर नारियल के बाग हड़प लेते? यहाँ लोगों को गुज़ारा चलाना मुश्किल हो रहा है।

फिर परिवार कैसे बच जाएगा? मेरी पत्नी के मायके से ही मेरा रिश्ता यदि नहीं हो पाता तो कुछ लोगों को भीख माँगते देखना पड़ता था।

वह बातचीत उस दिशा में ले जाना नहीं चाहता था। बात को बदलने के लिए उसने पूछाः

'कुंञिक्कुट्टन के घर में कौन-कौन हैं?'

'पत्नी है। एक लड़का है। कुंञिक्कुट्टन की छोटी बहन है और उसकी नानी है।'

'हाय!' उसने बुदबुदाया।

'कोई 'हाय' नहीं।' सब कर्म दोष है। पूर्वजों ने ही मनमानी करके सबको तबाह कर दिया। वह हम समझ सकते हैं। उनका ज़माना ऐसा था। जो गया सो गया। लेकिन पढ़े-लिखे समझदार दामादों को जो बचा है वह अच्छी तरह सम्भालना था, वह भी नहीं हुआ।

वे भी अपने मामाओं की तरह दीवाली मनाते हैं तो क्या करें। अगर मामाओं ने खाने-पीने, शादी करने, मिथ्याभिमान और आडंबरों के लिए ज़मीन बेच डाली तो दामादों ने ताश खेलते, ताड़ी पीते, दोस्ती करते बचा-खुचा भी तबाह कर दिया। मेरे आने से कम से कम परिवार का एक टुकड़ा तो बच गया, नहीं तो...'

उण्णिमेनोन मास्टर एक ही बात दोहराते रहे। उसने खीज से मुँह पिचका दिया।

घर आ गया।

बाँस की छोटी देहली। छोटा आँगन। बीच में एक तुलसी का चबूतरा है, जो दो भागों में टूटा हुआ है। दक्षिण के भाग में एक आम का पेड़। उसके नीचे बिखरे पड़े पत्ते। खपरैल की छत का घर।

'यह घर है।' सूटकेस नीचे रखते हुए उण्णिमेनोन मास्टर ने कहा।

'मैं तो घर आता नहीं हूँ।'

'बाँस की देहली पर एक पैर रखते हुए बाड़े से एक काँटा निकालकर दाँत कुरेदते हुए ऊँची आवाज़ में उण्णिमेनोन मास्टर ने पुकारा :

'देवी टीचर...!'

हाँ, वह आ गया। इस अँधेरे कमरे में बैठते हुए मैं कल्पना कर सकती हूँ, बाँस की सीढ़ी पर पैर रखकर थोड़ी घबराहट के साथ चारों ओर देखते युवक का रूप। एक लम्बी सैर के अन्त में, थके हारे मन और शरीर के साथ वह आ रहा है। वह मुझसे किस प्रकार के स्वागत की उम्मीद करेगा? मैं उस झरोखे से झाँक भी नहीं सकती। क्या वह यही सोचता है कि सब भूलकर देहली की ओर भाग उसकी बाँहों में शिथिल होकर मैं गिर जाऊँ?

क्या मैंने उसका आवाहन कर उसे बुला लिया?

'हे भगवती, मुझे भी मालूम नहीं है, किसके लिए है!'

पहाड़ के ऊपर पाण्डवपुरम का देवी-मन्दिर है। काले पत्थर की दीवारों के बीच के ठाकुरद्वारा में देवी लाल रंग की पोशाक पहनकर माथे पर सिन्दूर लगाकर पद्मासन मारकर बैठी है। ध्यान की अग्नि से उसका चेहरा चमक उठा। सिन्दूर गिर पड़ा। चेहरा लाल हो गया। उस अग्नि में पाण्डवपुरम के जार एक-एक करके पतिंगों के समान गिरकर जल रहे हैं।

भीतर से कोई आहट सुनाई नहीं देती है। सामने के तंग बरामदे की आधी दीवार पर सिमटकर बैठी भूरी बिल्ली ने आहिस्ता आहिस्ता आँखें खोलकर देखा, फिर बन्द कर ली।

उण्णिमेनोन ने पुनः बुलाया :

'देवी टीचर...।'

दरवाज़ा खोलकर एक स्त्री बरामदे में आई। लाल ब्लाउज़ और मैली धोती पहनी हुई स्त्री। उसने देखा कि उसका चेहरा जल्दी बुझ-सा गया, शायद उण्णिमेनोन मास्टर को देखने से बुझा होगा। अधखुली दीवार के पीछे पलभर के लिए शंका से खड़े होने के बाद वह तुरन्त अन्दर चली गई।

'देखा उसका गर्व!' उण्णिमेनोन ने बड़बड़ाया : 'एक जून खाने के लिए नहीं है, फिर भी अपने को उर्वशी समझती है।'

चुपचाप आम के पेड़ की डालियों पर आवाज़ करने वाले कौओं को देखते हुए खड़ा हो गया।

थोड़ी देर के बाद एक मैले तौलिये से छाती को छिपाते हुए वह बाहर आई। तुलसी के चबूतरे पर हाथ रखते हुए अपरिचित को गौर से देखकर उसने पूछा :

'कौन है?'

'कुंञूट्टन जहाँ काम करता है वहाँ से हूँ।'

'क्या...?'

'पाण्डवपुरम से।' उसने कहा।

इतना सुनने पर भी देवी के चेहरे पर कोई भाव नहीं आया। वह कहीं दूर आँखें गड़ाए खड़ी रही।

'अन्दर जाओ।' उण्णिमेनोन मास्टर अपने छोटे बालों में उँगली फेरते हुए बोले। 'मैं जा रहा हूँ। आप तो कुछ देर के बाद उस ओर आयेंगे न?'

'जी।' उसने कहा।

'थके पैरों को बहुत मुश्किल से बाँस की देहली के उस पार रखकर वह अन्दर चला गया। पेटी और बैग ढोते हुए थोड़ा बाईं तरफ झुककर चला।

देवी टीचर बरामदे में दीवार से सटकर खड़ी रही। सीढ़ी पर पेटी रखी और देवी टीचर से कुछ सुनने की प्रतीक्षा में थोड़ी देर रुका रहा। उसने देखा कि वह उस ओर देखती भी नहीं है। तब थोड़ा घबरा गया। थोड़ी हँसी में शर्म को छिपाकर वह आधी दीवार पर बैठ गया। उनींदी भूरी बिल्ली ने जागकर गुर्राते हुए उस ओर देखा और उसके बाद आँगन की ओर कूद पड़ी।

'मैं पाण्डवपुरम से आ रहा हूँ।' वह बड़बड़ाया।

वह आलस से बुदबुदायी।

तीन

वह दुहराता रहा :

'मैं पाण्डवपुरम से आ रहा हूँ।'

उसने समझ लिया कि 'पाण्डवपुरम' नाम उसके चेहरे पर किसी भावपरिवर्तन का कारण नहीं बना। यह देखकर उसने मूर्ख के समान हँसने की कोशिश की। देवी की आँखें तब भी दूर किसी अदृश्य बिंदु पर टिकी रहीं।

यह कैसा बदलाव? वह चकित हो गया।

ज़रा चुप बैठने के बाद वह कहने लगा।

'पाण्डवपुरम में कुंञिक्कुट्टन और मैं एक ही फैक्ट्री में काम कर रहे हैं।' जब बोलने लगा तब उसको लगा कि यह कैसी मूर्खता है। यह याद दिलाना कितना भद्दा लगा। वह आगे बोला :

'आपको वहाँ से आये लम्बा समय बीत चुका है न? आपको आश्चर्य होगा कि अभी तक मैं आपको ढूँढ़ने क्यों नहीं आया। सचमुच उसका कारण मुझे भी नहीं मालूम । शायद, दूरियों को पार कर मन जो यात्रा करता है उसमें ढीले और मज़बूत होते जाते विचित्र रिश्तों का अर्थ कौन जानता है, है न?'

मुझे लगा कि देवी ने 'हाँ' किया होगा। उसके चेहरे पर तब भी वही सघन भाव था। उसकी आँखें बाँस की देहली और संकरी पगडंडी को भी पार कर काँटे के बाड़े के उस पार दूर कहीं कुछ खोज रही थीं।

उनके बीच थोड़ी देर के लिए खामोशी फैली।

थोडी देर बाद सिगार का एक कश लेते हुए उसने पूछा :

'मुझे पहचाना नहीं?'

तुरन्त देवी ने चेहरा उठाया। उसकी थकी आँखें उसके चेहरे पर पड़ीं। देवी के चेहरे पर एकदम घबराहट फैल गई और वह उस ओर अज़नबी के समान देखती रही।

उसने बात आगे बढ़ाई:

'आपको मालूम था न, मैं आऊँगा, मैं ने सोचा कि आप रेलवे स्टेशन पर मेरी प्रतीक्षा में होंगी।'

इसका भी उसने जवाब नहीं दिया।

उसने धीरे से कहा :

'आठ-नौ साल हुए होंगे। पाण्डवपुरम में कुंञिक्कुट्टन के क्वार्टर में पहली बार मैं आपसे मिला था। विवाह के बाद जब पाण्डवपुरम में पति-पत्नी पहली बार आए तब वहाँ के मित्रों को पार्टी दे रहे थे। तब आप एकदम एक ग्रामीण लड़की थीं। शर्म से भीतर कहीं छिपकर खड़ी हुई थीं, कुंञिक्कुट्टन आपको बाहर सबके सामने जबरदस्ती पकडकर ले आया। अब भी मुझे याद है कि उन दिनों आपको साड़ी पहनना भी नहीं आता था। लाल बिन्दी वाली साड़ी सही ढंग से पहनी नहीं थी। भीड़ के सामने आने से घबराहट एवं आश्चर्य से हमारी ओर देखते हुए खड़ी हो गईं। आखिर मैंने ही आपको बचाया था। मैं ने कहा– मिसेस कुंञिक्कुट्टन यात्रा से थकी हुई होंगी, जाकर सो जाइए। तब मदिरा के नशे में उस बदमाश कुरुप ने पूछा 'अकेली?' उसे सुनते ही आप सकुचा गईं।

देवी ने अपनी कालिख पड़ी मैली धोती और छाती छिपाने वाले बदबूदार तौलिए की ओर बार-बार देखा।

तब उसे बड़बड़ाते हुए उसने सुना :

'तुम्हें ग़लतफ़हमी हुई होगी। मैं इस घर को छोड़ कहीं नहीं गई।'

'नहीं, नहीं।' उसने जिद्द से दुहराया 'मैं कई बार आपके घर आया हूँ। जिस रात वह पार्टी चली मुझे आज भी याद है। हम कुछ मित्र आपके ड्राइंगरूम में इकट्ठे हुए। कुरुप सैनिक था, वह दो बोतल मदिरा ले आया। उसकी बदबू वहाँ सर्वत्र फैल गई, पीते-पीते हम लोगों की जीभें ढीली हो गईं, हम कुछ न कुछ अस्पष्ट बोलने लगे। तब आप आँखें हाथ से छिपाकर भीतर की ओर भागीं। रात भर हम मदिरा पीते और गन्दे मज़ाक करते, कुंञिक्कुट्टन की हँसी उड़ाते रहे। आपको मालूम है न, मैं कभी भी एक पियक्कड़ नहीं था। लेकिन, उस रात मैंने भी बहुत पी। अन्त में कुंञिक्कुट्टन कै करने लगा था। उस हाल में ही उस वह रात सोया होगा।'

ज़रा रुककर उसने आगे बात बढ़ाई :

'याद कीजिए। पाण्डवपुरम की शरणार्थी कॉलोनी के उस पार घास का एक मैदान था। उसमें ऊँट और चितकबरी गायें चरते थे। उसके सामने फैक्ट्री की कॉलोनी थी। उस कॉलोनी में आप लोग रहते थे। साँचे में ढले जैसे पीले रंग के कुछ घर। दीवार पर एक-एक नम्बर अंकित था। यह उन घरों को अलग-अलग करता है। आपने एक बार कहा था कि पाण्डवपुरम के लोगों के समान ये घर भी टेढ़े हैं। उनके कमरे इतने सुविधाजनक नहीं थे। उन छोटे-छोटे कमरों में ठीक तरह से हवा एवं प्रकाश तक आते जाते नहीं थे। आपके पश्चिम भाग का बरामदा सलाई के जाल से आवृत था। वहाँ खड़े होने पर दूर, रेलवे इंजिन शंटिंग करते दिखाई देता था।

देवी के सूखे अधरों के कोनों पर घृणा भरी हँसी फूटने लगी।

उसने पूछा :

'क्या, ये सब उण्णिमेनोन मास्टर ने कहा? क्या, वे ही इस ओर आपको ले आये?'

यह सवाल सुनकर उसने प्रश्न भरे चेहरे से उस ओर देखा।

'वे यह नहीं, इससे ज़्यादा कहेंगे। उनका कौशल यहाँ नहीं चलेगा। इसलिए तो मुझसे बहुत गुस्सा है।'

'उण्णिमेनोन मास्टर ने मुझसे कुछ कहा नहीं। आज पहली बार मैं उनसे मिला हूँ।'

'सामने के दरवाज़े पर सफेद बालों वाला एक सिर दिखाई पड़ा। एक झुका हुआ कुबड़ा शरीर। वह चलते चलते देहली पार कर बरामदे की ओर आया। उसकी आँखों पर चर्बी चढी थी। इसलिए बहुत ध्यान से उस ओर देखकर उसने पूछा :

'कौन है?'

'कोई आदमी, मैं जानती नहीं हूँ,' देवी ने घृणा से मुँह बिचकाया।

'कुंजिक्कुट्टन जहाँ काम करता है वहाँ से मैं आ रहा हूँ, नानी' उसने कहा।

'क्या...' कान खोलकर, जबड़े दिखाकर हँसते हुए दादी ने पूछा।

'कुजिक्कुट्टन जहाँ काम करता है वहाँ से।' उसने ज़ोर से दुहराया।

वह सिर हिलाते हुए भीतर चली गई।

उसने देवी के चेहरे की ओर घूरकर देखा। वह तो भाव निर्विकार से दीवार से सटकर कहीं दूर दृष्टि टिकाकर खड़ी है।

'याद कीजिए, पिछले साल पाण्डवपुरम के महिला समाज ने जब ओणम मनाया था तब 'तिरुवातिराकलि'[१] आपके जिम्मे था। उस साल का ओणम धूमधाम से मनाया गया... उसी वजह से मिसेस पणिक्कर आप से नाराज़ हो गई... लोगों ने जान लिया कि पाण्डवपुरम में एक सुन्दर ग्रामीण लड़की आ गई... इसलिए बेचारे कुंजिक्कुट्टन के घर में कई दिनों तक मेहमानों की भीड़ रही थी। वे सब आप से मिलने और बातें करने के लिए ही आए थे...

उसे लगा कि उसके शब्दों से देवी ऊब रही है। देवी की स्मृतियों को जगाने में स्वयं को असमर्थ मानकर उसने अपना प्रयत्न छोड़ दिया। बातचीत का विषय बदलने के लिए उसने पूछा:

'बेटा कहाँ है?'

'नहाने गया।'

'किस कक्षा में पढ़ रहा है?'

---

१. तिरुवातिराकलि - केरल की स्त्रियाँ केरलीय वस्त्र पहनकर ओणम के दिनों में चक्कर काटकर जो नृत्य धूम-धाम से गीत गाते हुए करती हैं। यह केरल की संस्कृति है।

'तीसरी कक्षा में।'

'आपके स्कूल में है?'

'हाँ।'

उसके पास बोलने के लिए और कुछ नहीं था। इसलिए पुनः अपने प्रिय विषय पाण्डवपुरम की ओर उसे आना पड़ा। यादों में डूबती विस्फारित आँखों से वह बोलने लगा।

'अब पाण्डवपुरम में सर्दी शुरू हुई होगी। इस समय शहर रंगों से रंगा होता है। ऊन के रंग-बिरंगे कपड़े पहनकर लोग सड़कों से गुज़रते हैं। वह पुराना लाल पुलोवर आपके पास है? शायद, भूली होगी, नहीं तो सब कुछ जल्दी भूलने वाली नहीं है न? वह पुलोवर मेरा दिया गया जन्मदिन का तोहफा था। आपको सूट करने वाला रंग लाल है, जब मैंने यह कहा, तब आप ज़ोर ज़ोर से हँसने लगी थीं। लाल-साड़ी, लाल पुल्लोवर, मॉथे पर सिंदूर की बिन्दी। आप एक अग्निज्वाला थीं। उसमें मेरे समान आपके अनेक आराधक जल गए। शायद, पाण्डवपुरम में आपकी जानकारी के परे कई युवक थे...

'बस।' देवी ने गरजते हुए कहा, 'आप पागल हैं। नहीं तो आप अच्छे अभिनेता हैं। जो भी हो मुझे ये कल्पित कहानियाँ नहीं सुननी हैं। मैं पाण्डवपुरम में ही नहीं, इस घर को छोड़कर बाहर कहीं नहीं गई। यह तो ठीक है, कुंञिक्कुट्टेट्टन ने मुझे मंगलसूत्र पहनाया। थोडे ही समय तक हम एक साथ रहे थे। एक रात को वे कहीं चोरी छिपके चले गए। उसके बाद हम मिले नहीं। उनका कोई पता नहीं है। आप बहुत सुन्दर झूठ बोल रहे हैं...'

देवी को जल्दबाज़ी में अन्दर जाते देख वह चौंककर थोड़ी देर खड़ा हो गया। फिर लम्बी साँस लेते हुए बुदबुदायाः

'अचरज की बात है। स्त्रियाँ कितनी जल्दी सब कुछ भूल सकती हैं।'

चार

उण्णिमेनोन मास्टर के घर का पोर्टिको नया बनाया हुआ है। खपरैल छाए पुराने घर से चिपकाया हुआ टुकड़ा पैबन्द समान अलग दिखाई देता है। चमकता काला फर्श। दीवारें तो हल्के लाल रंग की हैं। कोने में एक पीठ पर बड़ा सा 'निलविलक्कु'[१]। उसको लगा कि कुल मिलाकर ऐश्वर्य से समृद्ध एक घर है।

उण्णिमेनोन मास्टर कलरिप्पाडम परिवार के सम्पन्न अतीत के बारे में कह रहे थेः

'आते वक्त आपने स्कूल के दक्षिण भाग में सड़क के किनारे एक थूनी देखी होगी। मुश्किल से ही सही उसमें जो नक्काशी है वह पढ़ सकते हैं, 'सम्माननीय कलरिप्पाडम कुंञुण्णिमेनोन की सम्पत्ति।' सुबह पूर्व दिशा से सब्जी ढोकर आने वाली स्त्रियाँ उस थूनी पर बोझ उतारकर रखती थीं। कुञुण्णिमेनोन उस समय गाँव वालों की थूनी था। सुना है, उस समय कोई भी झगड़ा या कलह होता था तो लोग सबसे पहले कुंञुण्णिमेनोन की देहली पर पहुँचते थे। देहली के कमरे की आराम कुर्सी पर एक पृथुपर्ण से बने पंखा पकड़कर वे लेटते होंगे। चेहरे पर राजलक्षण है। ज़्यादा बोलते नहीं हैं। दो-तीन वाक्य बोलते हैं तो सही। वह भी ज़्यादा है, ज़्यादा क्यों बोले? बड़े न्यायपालक थे वे...

उण्णिमेनोन मास्टर ने उसके चेहरे की ओर चोरी छुपके देखा कि पुरानी कहानियाँ उसे मज़ा देती हैं या नहीं?

'थूनी के उस पार से होकर थोड़े पश्चिम की ओर जाने पर टीले की तरफ के चढ़ाव पर एक देहली टूटी पड़ी दिखाई देती है। अब वह एक ईसाई की है। कुंञुण्णिमेनोन के ज़माने में वह एक सराय थी। उनके ज़माने के बाद भी लम्बे समय तक वह वहाँ बरकरार रहा। मन्दिर की अष्टमी के और काली के 'काव'[२] में 'भरणी'[३] के उत्सवों के दिनों में नदी पार करके पूर्व से बहुत से लोग आते थे। स्त्री-पुरुष भेद भाव के बिना वे झुंड के झुंड होकर आते थे। उन दिनों आज के समान कार और बस नहीं थे न? सात-आठ कोस पैदल आना ही एकमात्र उपाय था...'

---

१. केरल में हिन्दुओं के गृहों में संध्यावेला में तेल डालकर जलाया जाता है।

२. काव - केरल में वृक्ष निबिड जगह के बीच में जो छोटा सा मन्दिर है उसे काव कहते हैं।

३. भरणी - २८ नक्षत्रों में एक है।

उसको वह पूरा इतिहास सुनने की दिलचस्पी नहीं थी। सिगार का कश लेते हुए उसने खिड़की से बाहर की ओर देखा।

वहाँ करीने से पलते नारियल के छोटे पौधों को देखा। लगा कि वे सब उण्णिमेनोन के प्रयत्न के फल हैं। कलरिप्पाडम परिवार में मात्र ये थोड़ा सम्पन्न हैं। जो कहा, वह सच है।

उण्णिमेनोन कहते रहे :

'कालीकाव के भरणी उत्सव चलाने का सारा खर्च पहले से लेकर कलरिप्पाडम परिवार का था। कई प्रदेशों से बहुत से लोग उस दिन वहाँ इकट्ठे होते थे। अश्वति नक्षत्र के दिन दोपहर को काव पहुँचने वाले लोग दूसरे दिन भरणी के भी हज़ार दीपों का दर्शन कर और 'चाड़ी के तूक्कम'[१] का मज़ा उठाने के बाद वापस जाते हैं। उन दिनों सराय में परिवार की ओर से छाँछ दिया जाता था। एक बड़े ताँबे के गिलास भर छाँछ और हथेली पर ज़रा सा अमिया का अचार। उस अमिया के आचार का स्वाद अगले भरणी उत्सव तक प्रान्त भर के लोगों की जीभ पर बना रहता था। अमिया के गुच्छों को तोड़कर उसका रस निचोड़े बिना अचार बनता है।'

वह ऊब गया। कलरिप्पाडम परिवार के पुराण सुनने से क्या फ़ायदा है? उन्होंने बातचीत कुंञिक्कुटन एवं देवी की ओर ले जाने की कोशिश की।

'क्या कुञिक्कुट्टन यहाँ से भाग गया था?' तुरन्त उसने पूछा।

'क्या बोलूँ, मित्र।' उण्णिमेनोन मास्टर पान की थाली सरकाकर पान बनाने की तैयारी में थे। पत्ते पर चूना लगाते हुए उसने कहा। तम्बाखू, सुपारी और सुगंधित चूने के मिश्रण की गन्ध फैल गयी।

'बचपन से ही वह सिरफिरा था। फिर क्या करें। बड़े परिवार का है, कहने से क्या फायदा? बचपन से ही हीन जातियों के साथ उसकी मित्रता थी। ताश खेलना, बीड़ी पीना, दारु पीना, ये सब स्कूली दिनों में ही उसने शुरु किए थे। जो भी परिवार हो उसकी अहमियत को गिराने के लिए कुछ ऐसों का जन्म होता ही है? उनमें से एक है कुंञिक्कुट्टन। उसकी माँ थी तो बड़ी तेजस्विनी थी। बहुत इन्तज़ार के बाद बच्चा जन्मा। उसका जन्म ही उसकी अवनति बना। वही है उसका ऐश्वर्य। पूर्वजन्म का ही पुण्य है। और क्या कहूँ?'

उसको जानने की बात और है: 'कुंञिक्कुट्टन के घर छोड़ने का कारण क्या था?'

'कौन जानता था? सोचा कि शादी से सुधर जाएगा। इसलिए जल्दी से जल्दी शादी करवाई। धन और सम्पत्ति कम है तो भी लड़की अच्छे परिवार की थी। माँ बाप की इकलौती बेटी। सुन्दर लड़की। हमने तो यही सोचा कि उसकी खूबसूरती में फँसकर घर में वह चुपचाप रहेगा। पर उलटा ही हुआ, उसकी ज़िन्दगी को भी बिगाड़ा। शादी के एक महीने बाद से कुंञिक्कुट्टन को पागलपन शुरु हुआ। पहले तो बहुत हल्का-सा था। लेकिन

१. 'चाड़ी के तूक्कम'- रथ के खम्भे पर आदमी को लटकाकर मन्दिर के चारों ओर घुमाने का रस्म।

इस बार पूरा पागल हो गया।'

'क्या पत्नी से लड़कर घर छोड़ा।'

'यह तो सबसे बड़ा मज़ाक है!' उण्णिमेनोन मास्टर ने खिड़की से बाहर की ओर थूका। सफेद बालू पर लाल लाल बिन्दियाँ उभर आईं। 'लड़ने की भी एक सीमा है न? शादी क्या खेल-तमाशा है? उसकी करतूतों का भी क्या कहना है! पत्नी पर हमेशा शक रहता। अंजन लगाने से, बिन्दी लगाने से, नई साड़ी पहनने से शक रहता । उसका मानना था कि पत्नी के घर वालों ने उसे जादू टोने से वश में कर लिया। जब लड़की देखने गया तो वहाँ एक पूजा चल रही थी। पूजारी ने अपने हाथों से एक पूजित केला उसे दिया तो था। उसे खाते ही मन बदल गया। लगा कि मेरी पसन्द की लड़की यही है। केले में वशीकरण मंत्र था।'

'फिर?' कुर्सी पर सीधे बैठते हुए उसने कुतूहल के साथ पूछा। 'हमारी सुन्दरी ने हाथ पैर पकड़कर विनती की, पर वह बदला नहीं। चुपके से चोट्टानिक्करा के देवी मन्दिर में ले जाकर कै करवाया। कोई परिवर्तन नहीं हुआ। देवी से बोलना बन्द कर दिया। उस हाथ से पानी भी नहीं पीता था। उसे संशय था कि सब में वशीकरण मंत्र होगा। वह संशय के घेरे में पड़ गया। अन्त में दोनों अलग-अलग कमरे में सोने लगे। जिस दिन उसने जान लिया कि पत्नी गर्भवती है उस दिन घर में बड़ा शोरगुल मचाया। कुंञिक्कुट्टन को जानना चाहिए कि बच्चे का पिता कौन है। वह 'तिरुवातिरा'[१] का दिन था देवी जब नहाने के लिए बड़े सबेरे उठी तो देखा कि कुंञूट्टन का कमरा खुला पड़ा है। कई दिनों तक लोगों ने उसकी तलाश कई जगह की। अन्त में सब थक गए। फिर, आपके वहाँ कैसे पहुँच गया, पता नहीं। उस जगह का नाम क्या है?'

'पाण्डवपुरम।'

'अच्छा नाम है। अज्ञातवास के लिए योग्य स्थान है'। उण्णिमेनोन मास्टर को सोचकर ही हँसी आई। 'पत्नी से डरकर अज्ञातवास के लिए गया, पाण्डवपुरम में।'

'जाने के बाद कोई पता नहीं था। हमने सोचा कि कहीं मर गया होगा। ज़िंदा है तो भी घर वालों को उससे कोई फायदा नहीं। उसके मरने या जीने से किसी को कुछ भी फर्क नहीं है पड़ता।'

चाय आ गयी। जब वह गरम चाय पी रहा था तब उसे देवी का युवा चेहरा पास महसूस हुआ। क्या सचमुच कुंञिक्कुट्टन को मंत्र से वश में कर लिया था? क्या उसमें इतनी हिम्मत है? वैसे वश में कर लेने लायक कौन सी खूबी थी कुंञिक्कुट्टन में?

उसने पूछाः

---

१. केरल की स्त्रियाँ उस दिन दीर्घसुमंगली होने के लिए शिव को प्रसन्न कराने के लिए व्रत लेती हैं। रात भर सोए बिना 'तिरुवातिरकली' करती हैं।

'क्या कुंञिक्कुट्टन के संशय का कोई आधार है?'

'क्या आधार है?' उण्णिमेनोन का चेहरा तमतमा उठा : 'आप भी पागल हो गये हैं? वश में कर शादी करने में क्या वह सिद्धहस्त है?'

चिल्लाते हुए उन्होंने खिड़की से बाहर की ओर थूक दिया।

'उतने आकर्षण के लिए वहाँ क्या रखा है? कलरिप्पाडम परिवार की ख्याति सुनकर बेचारे उसमें फँस गये।'

थोड़ी देर के बाद वे उठे।

अंधकार छा गया था। थोड़े डर के साथ उन्होंने बाहर की ओर देखा। वह बड़ा घर, वहाँ के मनुष्य और चारों ओर की जगह सब दम घुटते अज्ञात रहस्य के किसी प्राचीन अन्धकार में डूबे हुए उसको लगे। कुंञिक्कुट्टन, देवी, वशीकरण मंत्र, पाण्डवपुरम, जार बनने की नियति सब। कई असंगत घटनाएँ वहाँ उलझी पड़ी हैं। सत्य क्या है? झूठ क्या है? लगता है कि कुञिक्कुट्टन का विचित्र व्यवहार भी अब एक हद तक समझ आ रहा है। पाण्डवपुरम की कॉलोनी के ऊपर पीले चेहरे के साथ मुँह फाड़े खड़े भूत के समान यहाँ ऊपर भी कोई काली शक्ति लटक रही है। उसकी जलती दृष्टि पड़े अज्ञ बेचारे मनुष्य कुछ न कुछ करते हैं। कई असंगत बातें। हालाँकि इस दुनिया में असंगत बातें क्या-क्या हैं?

'आप क्या करने जा रहे हैं?' उण्णिमेनोन मास्टर ने पूछा।

'आज रात वहाँ रहूँगा। कल सुबह की गाड़ी से वापस चला जाऊँगा।'

'नहीं।' उण्णिमेनोन मास्टर ने रोका: 'आज रात यहाँ रहें। वहाँ सुविधा नहीं होगी।'

उसको लगा कि उण्णिमेनोन मास्टर की आवाज़ में एक अनावयक ईर्ष्या भाव छिपा हुआ है। वे सोचते होंगे कि उस छोटे घर में एक सुन्दर स्त्री और मात्र मैं होंगे तो... वह भी कई सालों पहले पति द्वारा उपेक्षित सभी विकारों को दबाकर जीने वाली एक स्त्री।

'मुझे किसी खास सुविधा की ज़रूरत नहीं।' उसने कहा: 'एक चटाई और तकिया मिल जाए तो बाहर बरामदे में सो जाऊँगा।'

ऐसा लगा कि उण्णिमेनोन मास्टर को वह बिलकुल पसन्द नहीं आया ।

'तब, रात का खाना यहाँ खाएँगे। वहाँ खाना तो मुश्किल होगा।' उण्णिमेनोन मास्टर ने कहा। उसने विरोध प्रकट नहीं किया। खाते वक्त भी उण्णिमेनोन मास्टर लगातार बोलते रहे। कुंञिक्कुट्टन के बारे में। देवी के बारे में। कलरिप्पाडम परिवार के बारे में। उसको किसी में मज़ा नहीं आया। उसका मन पाण्डवपुरम की उस बड़ी फैक्ट्री और मैदान के सामने की कॉलोनी की ओर जा रहा था। कतार में पीले रंग के घर। दीवारों पर काले रंग से लिखा गया नम्बर। सभी घर एक समान। मात्र नम्बर अलग। नम्बर में जो फर्क था वही उन घरों में रहने वाले समान चेहरे वालों को अलग करता था। जिन रातों में मदिरा का

नशा चढ़ता तब उन नम्बरों को पढ़ने में बहुत मुश्किल होती थी। अन्त में एक उपाय सूझ गया। एक पुरानी पत्रिका से 'मधुबाला' के हँसते चेहरे को निकालकर दरवाज़े पर लगाया। ऐसी बेसुध रातों में मधुबाला ने रास्ता दिखाया।

रात का खाना खाकर जब निकलने लगा, तब उण्णिमेनोन मास्टर पीछे-पीछे आए।

'...आपसे कहने में थोड़ी शरम है' उण्णिमेनोन मास्टर चारों ओर दृष्टि दौड़ाकर थोड़ी शंका से रुक गये। भीतर कहीं पत्नी बरतन माँज रही थी। उन्होंने पक्का कर लिया कि पत्नी उनकी बातें सुनेगी नहीं। तब धीमी आवाज़ में उन्होंने कहा: 'आज की हालत में आपका वहाँ न जाना ही अच्छा होगा।'

'क्यों?'

'कुछ गड़बड़ियाँ हैं। वे सब बाद में मैं विस्तार से बता दूँगा। वह पेटी और चीज़ें वहाँ रखने की ज़रूरत नहीं थीं।'

'कुञ्जिक्कुट्टन के साथ रिश्ते पर सोचते वक्त किसी दूसरे घर में ठहरने के बारे में मैं सोच भी नहीं सकता।'

उण्णिमेनोन ने अर्थभरी साँस ली। डब्बे से थोड़ी सी सूँघनी अन्दर की ओर खींचते हुए उन्होंने थोड़ी नीरसता से कहा :

'ठीक है, कल जाने के पहले इस ओर आयेगें न?'

'हाँ।'

'तो देरी न कीजिए। काली रात है। टॉर्च ले लीजिए। रास्ता मालूम है न? मेरे आने की ज़रूरत नहीं है तो न?'

'नहीं।'

वह अँधेरे की ओर बढ़ गया।

कुंञ्जिक्कुट्टन के घर पहुँचते वक्त वहाँ कोई दिखाई नहीं पड़ा। बरामदे में एक कमजोर बल्ब जल रहा था। अन्दर कमरे में कहीं धुँधली रोशनी है।

वह बरामदे में थोड़ी देर तक सहम कर खड़ा रहा। क्या कहकर बुलाऊँ? खाँसी द्वारा उसने उपस्थिति की सूचना दी। खिड़की के पास देवी का सिर देखा। दरवाज़ा खोलकर वह हटकर खड़ी हो गई।

'क्या मेरे आने में देरी हुई?' उसने यों ही पूछा।

'नहीं।' देवी की आवाज़ में उदासी थी।

उसने अन्दर प्रवेश किया। तंग दहलीज। लगता है कि दोनों तरफ एक-एक छोटा कमरा है। धुँधली रोशनी में रसोई की ओर जाने का दरवाज़ा दिखाई देता है।

'मेरे आने से असुविधा हुई होगी, है न?'

उसको लगा कि उसकी आवाज़ में ज़रूरत से ज़्यादा अपराध बोध है।

'नहीं।' देवी की आवाज़ में तब भी कोई फर्क नहीं था।

'मैं कल सुबह ही जाऊँगा।'

उसके जवाब में उसने कोई दिलचस्पी प्रकट नहीं की। चारों ओर देखकर, दर्दभरी आवाज़ में उसने कहाः

'आपका यह बदलाव मैं समझ नहीं सका। ज़रूर आपने मुझे पहचाना है। क्या इतनी जल्दी भूल सकती है? मुझे मालूम है, दिनों, महीनों से, आप मेरी प्रतीक्षा कर रही होंगी। लेकिन, शुरू में ही मैंने एक गलती की थी। मैंने सोचा कि विश्वास दिलाने के लिए सबूतों की ज़रूरत पड़ेगी। इसलिए सबूतों की गठरी लेकर आया। अब उन सबूतों से क्या फायदा है? मुझे कोई अनुमान नहीं है। एक ही बार काटने योग्य तलवार या एक ही गोली बचे पिस्तौल में मैंने उन्हें सम्भालकर रखा। उन्हें छोड़ने का मन नहीं, कारण आपको विश्वास दिलाना है। आपका चेहरा बाताता है कि आपने मुझे पहचान लिया है। फिर यह मुखौटा क्यों?'

थोड़ी देर के बाद उसने कहाः

'जब पाण्डवपुरम में थी तब कभी भी मुझसे ऐसा व्यवहार नहीं किया। कुंञुक्कुट्टन के रहते और न रहते मैं कितनी बार आपके क्वार्टर में आया था। कितनी बार डायनिंग टेबिल के पास बैठकर हम मज़ाक से क्या क्या बोले और हँसे। एक बार जब मैंने कहा कि हँसते समय आपके दाँत कितने सुन्दर लगते हैं तब आपने कहा, स्कूली दिनों में सहेलियाँ मुझे 'दँतिया' पुकारती थीं।...'

जल्दी ही बीच में देवी बोलीः

'खाना खायेंगे?'

'नहीं, मैंने उण्णिमेनोन मास्टर के घर खा लिया।'

भौंहें चढ़ाते हुए उसने कहाः 'अच्छा हुआ'

'सब सो गये?'

'हाँ, चटाई एवं तकिया बरामदे में रखे हैं।'

जब बरामदे में पैर रखा तब दरवाज़ा जोर से बन्द हुआ। उसने कोने में रखी हुई चटाई की ओर घृणा और, गुस्से से घूरकर देखा।

बरामदे की रोशनी बन्द हो गई।

चटाई पर सीधे लेट गया। गोबर लिपे फर्श पर बिखरे चावल के समान आकाश में नक्षत्र। ठंडी हवा है। मंद हवा में सुपारी के पेड़ कराहते हैं। बाहर अँधेरे में विकृत छायाएँ जब एक साथ मिलने लगीं और कुछ अपरिचित आवाज़ें उठने लगीं तो उसको लगा कि वह किसी जादू में फँस गया है। यह दंड क्यों? मैं क्यों इतनी दूरी पार कर यहाँ तक आया? उसने खुद से सवाल किया।

उसके जवाब के रूप में बाहर इमली के पेड़ पर बैठकर कालरूपी मुर्गे ने ज़ोर से बाँग दी। ज़ोर से पंख मारकर फड़फड़ाते चमगादड़ों का एक झुंड अँधेरे की ओर उड़ गया। डर के मारे उसने आँखें बन्द कर लीं। नींद के लिए प्रार्थना करते हुए मुड़कर लेटा पड़ा रहा।

न जाने कब पाण्डवपुरम के मैदान से आई घोड़े की लीद की गन्ध-भरी हवा ने उसे सहलाया। उस परिचित थपथपाहट से वह सो गया।

पाँच

सूरज की किरणें चेहरे पर पड़ीं तो तब वह उठा। पूरा शरीर दुख रहा था। यात्रा की थकावट से कब वह सो गया, पता नहीं चला।

उसने देखा कि बरामदे में दो छोटी आँखें कुतूहल से उसकी तरफ देख रही हैं। ट्राउज़र पहने एक लड़का। ललाट पर लम्बे बाल गिर रहे हैं। लाल गाल।

उसने चटाई को तहकर रखा। सिगार सुलगाते हुए आँगन में टहलते वक्त भी लड़के की आँखें उसके हर कदम के साथ दौड़ रही थीं। दातून किया। चेहरा धोया। तब तक लड़का चाय लेकर आया। चाय पीते हुए उसने पूछा :

'नाम क्या है, बेटा?'

'रघु'

'किस कक्षा में पढ़ रहा है?'

'तीसरी कक्षा में।'

वह उसके चेहरे को कुछ देर तक देखता रह गया। कुंञिक्कुट्टन के जैसा है? या देवी के जैसा?

रघु को पास बुलाया। उसके लंबे बालों पर हाथ-फेरते हुए उसने पूछाः

रघु ने पिताजी को कभी देखा है?'

'नहीं'।

'पिताजी का रूप मालूम है?'

'देखे बिना कैसे मालूम?'

'होशियार है, हँसते हुए उसने उसकी पीठ थपथपाईः 'वैसे ही बोलता है।'

'पिताजी और माँ के एक साथ का फोटो?'

'नहीं।'

'यहाँ पिता का कोई भी फोटो नहीं है?'

'नहीं'।

क्षणभर के लिए सोचकर बोलाः

'तुम्हारी स्लेट एवं पेंसिल लेकर आओ। मैं खींचकर दिखाऊँगा।' रघु स्लेट लेकर आया। उसमें एक ऊँट का चित्र था। उसे मिटाकर कुछ देर तक बैठा रहा।

कैसा होगा कुंञिक्कुट्टन का रूप?

वर्तुलाकार चेहरा? या लम्बा? बाल कैसे बनाता है? मूँछ है? रघु उसके चेहरे की ओर घूरकर देखते हुए बैठा रहा। उसकी जिज्ञासा भरी छोटी आँखों में देखते वक्त उसको दुःख हुआ। मैं उसको नहीं, अपने आपको धोखा देना चाहता हूँ।

जो भी हो फिर वह चित्र खींचने लगा। 'देखो, लगभग ऐसा होगा। बड़ा सिर। वर्तुलाकार चेहरा। रघु जैसा ही है। पीछे की ओर काढ़े हुए धुंधराले बाल। बड़ी-बड़ी आँखें। ठेडी पर घाव का दाग। चौड़ी काली मूँछ। अच्छा कद। दुबला शरीर। थोड़ा बाईं ओर झुकी हुई चाल, देखो, इस प्रकार। रघु का रूप है।'

'नहीं... गलती हुई... गलती हुई', रघु ने हँसी उड़ायी।

'क्या हुआ?'

'पिताजी को मूँछ नहीं है, मूँछ नहीं है..."

उसने लय से कहा।

'किसने कहा कि मूँछ नहीं है?'

'माँ ने कहा।'

रघु ने तब भी उसी लय से कहा।

शुरू में थोड़ा सकपकाया, फिर किसी न किसी प्रकार उसने कह डालाः 'पाण्डवपुरम में आने के बाद मूँछ बढ़ाई होगी।'

'यह चित्र मैं माँ को दिखाऊँ?' रघु ने पूछा।

'नहीं।' उसने रोका। 'मैं चित्र खींचने में माहिर नहीं हूँ। रघु के लिए मज़ाक में बनाया है।'

तब भी रघु उस चित्र को घूरकर देखते हुए खड़ा हुआ। जैसे वह उन महीन रेखाओं पर नहीं, पिता के चेहरे पर हाथ फेर रहा था। कभी भी उसने पिताजी को देखा नहीं, मात्र सपने में देखा है। विजयकुमार के पिता के समान मोटे और लाल चेहरे वाले थे। और चिबुक में एक गड्ढ़ा था। बिन्दी वाला लाल शर्ट और काला पतलून पहने हुए थे। जब पिताजी पास आते हैं, उसको शरीर से सटाते वक्त, हेयर ओयिल और पाउडर की गन्ध नाक में घुस आती है। वासन्ती के पिताजी के समान हरे रंग का स्कूटर तेजी से चलाकर आते हैं। स्कूटर के सामने पिताजी के पैरों के बीच वह खड़ा होता था। कभी-कभी पिता की आँखें बचाकर हॉर्न दबाता है तो 'कीऽऽ की' आवाज़ निकलती है, यह सुनकर सड़क से बच्चे हट जाते। स्कूल के आँगन में नए भवन के पास जब स्कूटर रुकता है तो थोड़े गर्व के साथ उतरेगा। चारों तरफ इकट्ठे हुए बच्चे कहेंगे 'के.के. रघुनाथन के पिताजी का स्कूटर है।'

'रघु क्या सोच रहा है?' थोड़े खुले मुँह और स्वप्न खिलती आँखों की ओर देखते हुए

उसने पूछा।

'मामा का स्कूटर है?'

'हाँ'

'कहाँ है?'

'पाण्डवपुरम में।'

'वह कहाँ है?'

'वह, उत्तर में। हज़ारों मील दूर। दो दिन तक ट्रेन में बैठना पड़ेगा, वहाँ तक पहुँचने के लिए।'

'उधर हैं मेरे पिताजी?'

'हाँ।'

'फिर आते क्यों नहीं हैं? दासन भाई के पिताजी के समान पेटी पकड़कर...'

दासन भाई का पिता सैनिक है। जब साल में एक बार छुट्टी पर आता है तब हरे रंग की पेंट और काला शू पहनकर कार में आता है। पेटी भर चीज़ें होंगी। नए कपड़े उसकी छोटी बहन के लिए कई खिलौने, चाभी देने पर कार चलाने वाला बन्दर, बीच-बीच में आँखें बन्द करती और खोलती पुतलियाँ। बिस्कुट के डब्बे, मिठाई के पैकट्स। पिताजी वापस जाने तक दासन भाई का गर्व तो देखता ही है। नए कपड़े और नए चप्पल पहनकर शहर में पिताजी का हाथ पकड़कर सिनेमा देखने जाता है। मिलने पर कुछ बोलता भी नहीं।' रघु ने सवाल को दुहराया:

'मेरे पिताजी क्यों नहीं आते?'

वह उस सवाल का जवाब जल्दी नहीं दे पाया। ज़रा सोचकर, और चारों ओर कोई नहीं है, यह पक्का कर बड़बड़ाया :

'रघु के पिताजी आएँगे। एक दिन ज़रूर आएँगे।'

'नहीं, नहीं। मामा तो झूठ बोल रहा है।'

'झूठ नहीं है, ज़रूर आएगा।'

'माँ ने कहा कि पिताजी मर गये हैं।'

उसको पुनः जवाब नहीं सूझा था। 'सचमुच अब कुंञिक्कुट्टन कहाँ है? पाण्डवपुरम में है? क्या है उसकी हालत?'

तब तक अन्दर से देवी ने बुलाया:

'रघु, नहाने के लिए आ, स्कूल जाना है न?'

थोड़ा नाराज होकर एक पैर पर उचकते अन्दर की ओर जाते रघु को देखता रह गया। थोड़ी देर के बाद देवी बाहर आयी :

'आज जाना नहीं?'

'जाना है क्या?' देवी की आँखों में देखते हुए उसने पूछा।

'यों ही पूछा।'

'मेरी समझ में नहीं आ रहा है।' उसने दुहराया: 'जान बूझकर अपरिचित-सा व्यवहार, नापसंदगी। सोच समझकर जो ढोंग आप करती हैं उसकी घुटन आपके चेहरे से पहचान सकता हूँ। वह मुझे पीड़ा देता है। और कोई हो तो मैं यह भूल सकता था। लेकिन आप हैं तो... बार-बार यह दोहराने में दुःख होता है। वैसे एक विचित्र रिश्ता था न, हम दोनों के बीच।'

देवी सिर नीचा कर खड़ी थी। उसने देखा कि पल भर में उस चेहरे पर बदल बदलकर कई भाव आए थे।

वह आगे बोला। भावावेश में बीच बीच में धीमी आवाज़ बिखर जाती थी। सूखे अधरों को बीच बीच में गीला करते हुए उसने कहा:

'मेरे कमरे की खिड़की के पास खड़े होने पर आपका बेडरूम दिखाई देता था। कितनी रातों में खिड़की पर चेहरा दिखाते हुए अपने कमरे का दीप बन्द कर प्रकाश की झीनी परत में तुम्हारे कमरे में छायाओं का मिलन, तब पीछे से एक लोकल ट्रेन का हाँफते धुआँ उगलते हुए जाना, ट्रेन के कोलाहल के बाद छायाओं का जल्दी शान्त होना, ये सब कितनी बार मैं देखते खड़ा रहा था। अब मुझे मालूम नहीं है कि उस समय मेरे मन में कौन सा भाव उत्पन्न होता था, ईर्ष्या, घृणा या निस्सहायता। कभी-कभी मुझे लगा कि कुंञिक्कुट्टन बड़ा भाग्यवान है। लेकिन मैं उससे घृणा नहीं कर पाया। आप लोग जो भी कहें अपने समर्थन के लिए सप्रमाण कई घटनाओं को सामने रखें फिर भी मैं कहता हूँ कि कुंञिक्कुट्टन अच्छा आदमी है। लोगों ने उसे बिलकुल गलत समझा। उसकी ज़िन्दगी की सबसे बड़ी त्रासदी यह थी कि वह सबका भरोसा करता था और सब पर संशय करता था।'

थोड़ा सकपकाने पर भी उसे छिपाते हुए यथासम्भव शक्ति से देवी ने कहा :

'आप ये सारी झूठी कहानियाँ मुझसे क्यों कहते हैं? क्या है आपका लक्ष्य? कल ही पहली बार मैंने आपको देखा था। पाण्डवपुरम के क्वार्टर, उसके पीछे का रेल लैन, हमारा बेडरूम, आप, सब एक झूठी कहानी के हिस्से हैं न? क्यों इन सबकी सृष्टि करते हैं? मुझे दुखी करने के लिए क्या? तो आपको गलतफहमी हुई है, चोट लगने का समय कब का बीत गया।'

उतना कहने पर उसको थोड़ी सी दिलासा हुई। जब चाय का गिलास लेने लगी तब जान बूझकर आगे की ओर आए उसके शरीर को छुए बगैर हटते हुए उसने हँसने की कोशिश की।

लेकिन वह जिद्द से, आवेश से कहता रहा :

'आपकी शादी के बारे में, कुंञिक्कुट्टन के सीमा रहित संशय के बारे में, उस प्रकार

आप लोगों के अलग होने के बारे में सब मुझे मालूम है।'

अन्दर की ओर जाती देवी तुरंत मुड़ गई। चौंकते हुए उसने पूछाः

'आपने क्या कहा?'

'यही कि सब कुछ मुझे मालूम है।' बड़ी जीत की खुशी के साथ उसने कहाः 'कुंञिक्कुट्टन पहली बार लड़की देखने आपके घर आया तो उस दिन वहाँ एक पूजा चल रही थी। कुंञिक्कुट्टन के मन में किसी न किसी प्रकार यह शंका उत्पन्न हुई कि पुजारी के हाथ से पूजित केला खाने से तुमसे शादी करनी पड़ी। उसके मन में किसी प्रकार की हीनग्रंथि छिपी हुई थी। शंकाएँ अन्दर बढ़ गईं। रोज़मर्रा की ज़िन्दगी के छोटे-छोटे कलहों को उसने बड़ा कर लिया। आपकी हर चाल में सन्देह करने के कई कारण ढूँढ़ निकालते। बेकार में आपसे लड़ने के अवसर उसने बनाए। उसको आपकी सूरत भी पसन्द नहीं थी। अन्त में आप लोग अलग-अलग कमरे में सोने लगे। तिरुवातिरा के दिनों में एक रात को...'

'बस बस।' देवी ने तैश में कहाः 'आपको ये सब कैसे मालूम? बोलिए। आप क्यों मुझे इस प्रकार सताते हैं? आप कौन हैं? क्या है आपका उद्देश्य?' सवाल एक-एक करके बहने लगे। वह जानती नहीं थी कि क्या पूछ रही है, क्यों पूछ रही है, सालों से इकट्ठे किए गए कूड़े के अम्बार में कोई और कुछ और फेंक रहा है।

'क्यों? क्यों?'

वह तो बिना भावभेद के निर्मम निस्संगता के साथ बोल रहा थाः

कुंञिक्कुट्टन पाण्डवपुरम में पहुँच गया है।

'इतना तो ठीक है।' देवी ने कड़ी आवाज़ में कहाः 'आगे आप जो कहने जा रहे हैं वे सब एकदम झूठ हैं। उन सब को दोहराने की ज़रूरत नहीं है, मुझे नहीं सुनना है।'

'सुनना है। ज़रूर सुनना है।' उसकी आवाज़ में किसी एक अज्ञात अधिकार की शक्ति थी : जैसे आप सोचती हैं वैसा कोई खास मेरा उद्देश्य नहीं है। नहीं तो पाण्डवपुरम में ही मैं वह कर सकता था। कितने अवसर मुझे मिले लेकिन मैं हट गया। क्योंकि तुम मेरी प्यारी हो। यों ही प्यारी थी। उससे परे मैं कुछ चाहता नहीं था। याद है, दिसम्बर की ठंडी रातों में पूरा पाण्डवपुरम कम्बल के नीचे जोड़े की गर्मी में जब सोता, कुंञिक्कुट्टन के ड्यूटी पर जाती रातों में, आप लाल पुल्लोवर पहनकर खिड़की के पास मेरे कमरे की ओर निगाह डालते हुए खड़ी होती थीं न? वे क्षण किसी भी युवा को पागल बनाते थे। मेरे एक इशारे पर आप ज़रूर मेरे कमरे में दौड़कर आती थीं। मेरी गर्मी से आप सहम जाती थीं। लेकिन मैं ने ऐसा नहीं किया। क्योंकि मैं आपको मात्र एक सुन्दर पड़ोसिन के रूप में देखना पसन्द करता था। एक बार मुझे डर लगा कि मेरा नियन्त्रण नष्ट हो रहा था तब मैंने ऊँची आवाज़ में कहाः 'जाओ, खिड़कियाँ बन्द कर सो जाओ।'

'झूठ, एकदम झूठ। कुंञ्जिक्कुट्टेट्टन को छोड़कर और किसी पुरुष के बारे में मैंने वैसा सोचा भी नहीं था। मैंने जितना प्यार कुंञ्जिक्कुट्टेट्टन से किया उसका शतांश यदि मुझे मिला होता तो आज यह नाजुक स्थिति मेरे जीवन में न आई होती।'

'कितना सुन्दर झूठ बोलती हैं। मुझे इसमें कोई आश्चर्य नहीं है। सभी स्त्रियाँ कसम खाकर यह वाक्य कहती हैं कि अपने पति को छोड़कर और किसी पुरुष को सपने में भी नहीं देख सकती। ऐसी कोई स्त्री इस दुनिया में नहीं होगी जिसने अपने पति की मृत्यु सपने में भी न देखी हो।'

कितना सुन्दर झूठ! याद करते वक्त वह हँसी नहीं दबा सका। ठहाका मारा। चेहरा तमतमा उठा। गले की नसें तन गईं। गले में किच-किच आया। उसने खँखारा। जो कफ निकल आया उसको आँगन में थूक दिया।

उस कोलाहल को सुनकर, रघु ने दहलीज़ पर आकर झाँककर देखा। नहा-धोकर उसने साफ-सुथरा ट्राउज़र एवं शर्ट पहनी थी। एक हाथ में अल्यूमिनियम का टिफिन बॉक्स और काँख में इलास्टिक से बँधी हुई एक बंडल पुस्तक भी थी। इस छोटी सी उम्र में ही वह खुद तैयार हो जाता था। उसने आश्चर्य के साथ सोचा। जब कभी रघु को देखता है उसको लगता कि वह उम्र से ज़्यादा समझदार है।

'माँ, मैं जा रहा हूँ।' कहते हुए वह आंगन में कूद पड़ा।

देवी ने 'हाँ' कर दिया।

तुरन्त कुछ भूल गया सा उसने मुड़कर पूछा:

'मामा आज जाएगा?'

उसने देवी की ओर देखा। वहाँ कोई भाव परिवर्तन नहीं था। वह उसकी आँखों का सामना किए बिना दूर कहीं देख रही थी।

'मैं आज नहीं जा रहा हूँ'। उसने किसी से कहा। उसको सुनने पर भी देवी में कोई बदलाव नहीं हुआ।

उसने दोहराया, यह सोचकर कि शायद उसने नहीं सुना होगा,

'आज मैं नहीं जा रहा हूँ।'

'उसके जवाब के रूप में पीछे का दरवाज़ा कराह के साथ बन्द हो गया।

उसकी कल्पना क्या मैं ऐसी ही करूँ। उसका रूप मैंने जितनी आसानी से गढ़ लिया अब इतना आसान नहीं लगता है।

कभी उसका व्यवहार ऐसा नहीं होगा। एक जार की विकृत हिचक अन्दर ही अन्दर छिपाकर एक साहसी का मुखौटा पहनकर थोड़े अधिकार और मज़बूत कदमों के साथ अन्दर आने की सम्भावना है। उसके मोटे तगड़े हाथों की उँगलियों के इशारे पर हिलने वाली पुतली बनाएगा मुझे वह और नचाने की कोशिश करेगा। एक शरीफ प्रेमी का रूप मैं

उसे क्यों दे दूँ? मुझे मालूम नहीं है। मुझे यह भी मालूम नहीं है कि मेरे मन के अतल में कूड़े के अम्बार में क्या-क्या पड़ा हुआ है?

चाहे तो उसको एक दुश्मन का चेहरा मैं दे पाऊँगी।

मुझे पूरा यकीन है कि मुझे विश्वास दिलाने के लिए सबूतों की गठरी खोलने के लिए वह तैयार हो जाएगा।

सबूत!

काईयाँ भरी, मिट जाने वाली घटनाओं के समर्थक अनेक प्रमाण मुझे चाहिए। अनेक कारण चाहिए। अनबीते अतीत के गठन के लिए जब मैं कोशिश करती हूँ तब चोट खाकर खून मेरे भीतर ही रिसता है। कुंञ्जिक्कुट्टेट्टन चिथड़े समान क्यों मुझे फेंककर भाग गया? मैंने कौन सी गलती की? कोई कारण होगा, न? मनुष्य-मन की गहराई किसने नापी है?

हाँ, मैं अब सबूतों की तलाश में हूँ। मुझे विश्वासयोग्य अतीत चाहिए। उस पुराने घर के अन्धकारपूर्ण कमरों में, कालिख में पानी गिरने से उत्पन्न अमूर्त चित्रों से भरे रसोई घर की दीवारों के बीच में, मेरे चेहरे पर आँखें लगाकर बैठने वाले कई छोटे चेहरों के क्लास रूम में, मेरा दम घुटता है। उसके विकृत क्षत चिह्नों पर लक्ष्यहीन होकर रंग भरती हूँ।

लेकिन, विश्वासयोग्य एक अतीत मेरे दूर का सपना है। जब उससे लाल रंग का धुआँ निकलता है तब पाण्डवपुरम जन्म लेता है। प्यार की तलाश में भटकते मन को शीतलता प्रदान करने वाला पाण्डवपुरम। एक स्त्री के लिए खून बहाने को तैयार होने वाले भाइयों का पाण्डवपुरम। रंगीन गलियों में लालचभरी आँखों वाले मदमत्त जारों का पाण्डवपुरम, प्यार के लिए लालायितों, स्नेह का बहाना करने वालों, धोखेबाजों, हत्यारों, मरने के लिए विवशों का पाण्डवपुरम।

मेरा प्रिय पाण्डवपुरम। जो सुकून की तलाश करते हैं उनके मन में पाण्डवपुरम रूप लेता है।

छः

उस घर में दो ही कमरे थे। उनमें से एक कमरा अपने लिए साफ होते देख उसको आश्चर्य नहीं हुआ। उसने इसकी प्रतीक्षा की थी। कोई अज्ञात खुशी अन्दर कहीं फूटने लगी तो उसे दबाने का बहुत प्रयत्न किया। नहीं, कुछ भी बाहर मत दिखाना। पाण्डवपुरम से किसी अज्ञात शक्ति से प्रेरित होकर इस ओर निकला तो मैंने निर्णय लिया था कि इस यात्रा में किसी प्रकार का मोह नहीं होना चाहिए। मैं चंचल मन को हमेशा काबू में रख दूँगा। पाण्डवपुरम जैसे धोखेबाजों की जगह छोड़कर पवित्र ग्राम की ओर जा रहा हूँ। विषैला पीला धुआँ वहाँ मत फैलाना।

पाण्डवपुरम कितना विचित्र स्थान है। यहाँ इतनी दूर पहुँच कर सोचते हुए वह एक शापग्रस्त नगर जैसा लगता है। वहाँ जन्म लेने वाला प्रत्येक लड़का बचपन से ही बिगड़ जाता है। भाई-बहनों से झगड़ा करता है। क्षुद्र मोहों के पीछे जाकर कलह मचाता है। कपट करता जुआ खेलता है। धोखेबाज़ बनता है। जार बनता है। पाण्डवपुरम का पीले चेहरे वाला हर पुरुष धोखेबाज है। उनकी स्त्रियों के नसीब में केवल दुःख एवं अनन्त यातनाएँ हैं।

बहुत छोटा कमरा है। कोने में कल तहकर रखी हुई चटाई।

गंदा फर्श। पैर टूटी लकड़ी की पेटी। ऊपर बँधी गई अलगनियों को बहुत मुश्किल से देवी खोल रही है। यह देखकर उसने कहाः 'नहीं, छोड़ दो उसे।' उसे सुनने के लिए तैयार न होकर वह अपना काम करती रही। तब उसने सिगार सुलगाया।

थोड़ी देर में सब सँभालकर उसने रखा। झाड़ू मारा, भीगे कपड़े से फर्श को साफ किया। इसके बाद जीत के भाव से जब देवी ने उस ओर देखा तो उसने हँसते हुए कहाः

'अच्छा है।'

वह जाने लगी तो उसने पुकाराः

'देवी।'

यद्यपि थोड़े अधिकार के साथ उसने पुकारा तो भी जल्दी ही उसने स्पष्टीकरण देने की कोशिश कीः

'मैं वैसा पुकारूँ? ज़िन्दादिली के लिए इसकी ज़रूरत पड़ेगी। अन्यथा मत समझिये।

जैसे कुंञिक्कुट्टन संबोधित करता है वैसा ही मानिए।'

उसके हाथ में सौ का एक नोट था। बिना हिचक देवी ने जब वह स्वीकार किया तब वह चकित हो गया।

दोपहर का वक्त था। कमरे में थोड़ी धूल भरी हवा के झोंकें आ रहें हैं। गीले फर्श पर उसने कई बार लिखाः

देवी। देवी। देवी।

वह पूरा स्पष्ट नहीं था। फिर भी उसने पैर से मुश्किल से मिटाया। बाहर, नारियल के पत्तों के ऊपर आकाश में काले मेघ इकट्ठे हो रहे हैं।

पुनः उसकी स्मृतियाँ फिसली जा रही थीं।

ग्रीष्म के अन्त में, रात को, जल्दी उतरती गर्मी के साथ अंकुरित लू की याद कर जब ऊपर बाँस की चारपाई में, नक्षत्रों से भरे आकाश में आँखें फैलाकर लेटता है तब दूर कहीं से हवा के लहरायित होने की आवाज़ सुनाई पड़ी। फिर वह बढ़कर एक गर्जन सा समीप पहुँचते वक्त शरणार्थी-कॉलोनी के सामने की सड़क की लाल धूल के झोंके चढ़े आ रहे थे। कानों में उँगलियाँ दबाकर, आँखें बन्द कर लेट गया। कानों के बन्द करने पर भी हवा के झोंकों का गर्जन सुनाई पड़ता है। अनिवार्यता के आवरण के समान धीरे-धीरे शरीर भर को धूल आवृत कर रही है। चेहरे, कंधे और कानों में महीन धूली का थोड़ा-सा संस्पर्श अनुभव हो रहा है। इमली के बड़े पेड़ों से हवा में नीचे जो पक्षी गिर जाते हैं उनके ज़ोर के क्रंदन की ओर ध्यान भी दिए बिना लेटा रहा। पड़ोस के बूढ़े धोबी का मोर चौंक, उठकर बिल्ली की आवाज़ में ज़ोर से रोता है।

बचपन में जब टीलों पर काजू की तलाश में इधर-उधर घूमता था तब अचानक बरसती वर्षा में भीग जाने में बहुत मजा आता था। जिन यादों को सुरक्षित रखा जा सकता है उनमें पाण्डवपुरम के लू का युद्ध भी शामिल है।

दोपहर के खाने के बाद थोड़ा सो गया।

नींद से जल्दी ही उठ बैठा।

लगा कि चारपाई के पास कोई खड़ा है। आँखें खोलकर देखीं। एक गोरी इकहरी लड़की। सत्रह-अठारह उम्र की होगी। लाल बिन्दियों वाला ब्लाउज़। लाल स्कर्ट। कुंञिक्कुट्टन की छोटी बहन होगी।

'सो रहा था?' कतार वाले दाँतों को दिखाकर वह मुस्कुराई। चारपाई पर उठ बैठा और सिगार सुलगाई।

'भाभी बाहर गई हुई हैं।' उसने कहा।

'कहा कि आज छुट्टी पर है। सुबह स्कूल जाते भी नहीं देखा।'

कई जगह ट्यूशन लेने जाती हैं। बच्चों को शुरुआती शिक्षा देने में तो भाभी माहिर हैं।'

यह होगी मुख्य आमदनी। उसने सोचा।

'नानी?'

'सो रही है।'

'नाम क्या है?'

'मेरा?'

'फिर क्या, नानी का है?'

'श्यामला'

'श्यामला क्या कर रही है?'

'दसवीं कक्षा पास हो गयी। टंकण सीखने की इच्छा थी। भाभी को वह अच्छा नहीं लगता। इसलिए कहीं गयी नहीं थी। इधर यों ही बैठती हूँ।'

उसको और कुछ पूछने के लिए नहीं था। बाहर धूप धुँधली होती जा रही थी। आकाश मेघावृत्त था।

थोड़ी देर के बाद छोटी उँगली दाँतों से काटते हुए श्यामला ने कहा: 'सुबह आप लोगों ने जो कहा वह मैंने सुना।'

वह घबरा गया :

'फिर?'

'कुछ समझ गई। कुछ न समझा।'

उसको हँसी आ गई :

'क्या समझ में नहीं आया?'

'पाण्डवपुरम की बातें... सुनने में अच्छा ही नाम है... पाण्डवपुरम! असल में वैसी एक जगह है?'

'कहा है कि सब सुना है? तब क्या लगा, वैसी एक जगह है?'

'मुझे तो मालूम नहीं?' श्यामला पुनः हँस दी : 'कुछ जानने के लिए इसके अन्दर से कहीं जाना है।'

'ठीक है, क्या अयोध्या नाम की कोई जगह है?'

'हाँ, क्यों नहीं। वहाँ है न राम?'

'तब यह भी समझो कि पाण्डवपुरम नामक एक जगह है। देखे बिना कई बातों पर हम भरोसा करते हैं न, वैसे ही।'

'फिर भी...' श्यामला ने दाँतों से नाखून काटते हुए संशय प्रकट किया: 'भाभी का कहना सुनकर मुझे संशय लगा।'

'भाभी वैसा बहुत कुछ कहेगी। ऐसी एक जगह नहीं है तो भी सोच लो कि ऐसा एक स्थान है। उसमें कोई गलती तो नहीं है? हम सब बहुत से सपने देखते हैं न... ऐसे सपने

नहीं हैं तो ज़िन्दगी कितनी बोरिंग हो जाएगी।'

श्यामला के पास उसके लिए जवाब नहीं था। थोड़ी देर के बाद उसने कुछ गम्भीर होकर कहा :

'ज़रूर पाण्डवपुरम नामक एक स्थान है। कहीं तो, है। कहीं कभी, मेरे, हमारे सपनों में एक पाण्डवपुरम। हम चाहते, लुभाते, घृणा करते है एक पाण्डवपुरम। सुना है कि बहुत पहले वहाँ जंगल था। पाण्डव वनवास के बाद, अज्ञातवासकाल में कुछ समय वहाँ घूमे फिरे थे। अब जंगल भी नहीं, कुछ भी नहीं। अंग्रेज़ों ने वहाँ से बहुत कुछ खोदकर निकाल लिया। जंगल का एक हिस्सा काटकर फैक्ट्री बनायी। फैक्ट्री से सटकर कॉलोनी बनी। चारों ओर शहर बना। शहर जब बढ़ने लगा तब पूरा जंगल साफ हो गया। मार कर, खाकर, नाश कर सुसंस्कृत लोग विकसित होने लगे। और भी नई नई फैक्ट्रियाँ बनीं। नदी के ऊपर पुल बनाया गया। रेल लैन आ गया। शरणार्थी लोग आए। उनके लिए अलग कॉलोनी बनी।

'बेचारे पाण्डव।' श्यामला को हँसी आयी:

'अब एक अज्ञातवास की ज़रूरत पड़ी तो क्या करेंगे?'

उसको भी हँसी आयी। उसने कहा:

'एक जंगल गया तो क्या हुआ दूसरा आ गया है न। पाण्डवपुरम की फैक्ट्री-कॉलोनी के ऊपर पीले धुएँ राक्षस के समान मुँह फाड़े, लटके हुए हैं। वह तो काफी है। साँचे में ढले मकानों में जितना चाहे उतने काल तक अज्ञातवास हो जाएगा। किसी को भी पता नहीं होगा। नम्बर भूलते तो अपने घर में ही पहुँचना मुश्किल है।'

श्यामला चारपाई पर हाथ रखे खिल-खिलाकर हँसी। देवी के समान नहीं है, यह होशियार है। उसने सोचा।

'नहीं तो, आजकल अज्ञातवास के लिए कौन जाता है न?'

'जाने वाले कम होंगे। लेकिन, चाहने वाले बहुत से होंगे।'

श्यामला चुप हो गई। उसको लगा कि श्यामला बोलने के लिए एक-एक शब्द भीतर सँजोए रखती है।

उसका अनुमान गलत नहीं निकला। थोड़ी देर के बाद चारपाई पर हाथ से ताल बजाते हुए श्यामला थोड़ी हिचक के साथ बोली:

'मैं एक बात पूछूँ, नाराज़ मत होइएगा। असल में कुंञूट्टेट्टन अब पाण्डवपुरम में हैं?'

जल्दी जवाब देने में असफल होकर वह थोड़ा घबराया। फिर कुछ बहाना बनाकर बच जाना चाहा :

'कहा था कि हम जो बोले सब तुमने सुन लिया था।'

'हाँ।'

'फिर इतना संशय क्यों?'

'फिर भी पूछ रही हूँ। अगर कुंजुट्टेंट्टन कहीं हैं तो कम से कम एक पत्र नहीं छोड़ता। वे भाभी से ही हैं नाराज़। मुझसे और नानी से तो नहीं है न? वे घर छोड़ते वक्त मुझसे एक बुरा शब्द तक नहीं बोले थे। यहाँ लोग भाई के बारे में कुछ न कुछ कहते आ रहे थे। वे बिगड़े हुए हैं, किसी का अनुसरण नहीं करते, पागल हैं आदि। जो भी कहे, मुझे ऐसा नहीं लगा। मैं भाई को अच्छी तरह समझ सकी थी। उनके स्थान पर यदि मैं होती तो भी वैसा ही किया होता।'

'मेरे एक ही भाई थे। तब भाई जो कुछ करते हैं उसका समर्थन करने की व्याकुलता सहज ही है। लेकिन अपनी पत्नी और बच्चे के साथ जो किया वह ठीक था, यह कहना मेरे लिए सम्भव नही था।'

'भाभी की बात नहीं है। लेकिन भाभी के साथ उन्होंने यह क्यों किया, मैं समझ नहीं सकती। नानी को कहते हुए सुना है कि बचपन से ही भाई मनमाने एवं हठी थे। भाई अपने कमरे में किसी को आने न देते। उनके खिलौने को छूने न देते। खाने के लिए उनकी अलग प्लेट है। कोई उसे छूने पर नाराज हो जाते थे। जल्दी नाराज होने का स्वभाव था। जब स्कूल में पढ़ रहे थे तब दो-तीन बार माँ से चिढ़कर घर से भाग गए थे। 'विषु'[१] को पटाखा खरीदने के लिए पैसा न देने पर।

'वैसे तलाशने लगे तो बहुत से कारण होंगे। लेकिन उन कारणों से उसने जो किया वह दूर नहीं हो जायेगा?'

'जो भी हो, मुझे कुछ भी मालूम नहीं है। लेकिन आज सुबह आप लोगों की बातचीत सुनने से लगा कि आप में से कोई झूठ बोल रहा था।'

'तो मान लो कि भाभी झूठ बोली।'

'नहीं।' उसने पक्का कर दिया 'भाभी तो कभी भी झूठ नहीं बोलती। वह भी ऐसी बातों पर। झूठ बोलकर भाभी को क्या मिलेगा? फिर, हम सबको एक बात मालूम है।'

"कौन सी बात!"

'भाभी कभी भी पाण्डवपुरम नहीं गई थीं। इस घर को छोड़कर कहीं भी नहीं गईं। श्यामला खिलखिलाकर हँसी।

उसको इसका जवाब नहीं सूझा। वह जल्दी थक गया। इस बदमाश लड़की के शब्दों के सामने एकदम हार जाता हूँ।

बड़े दर्शन के समान उसने कहा :

'सत्य कल्पित कथा से कभी विचित्र होता है।'

'वह हमने स्कूल की पाठ पुस्तकों में पढ़ा हैं।'

बेवकूफी को छिपाने के लिए कह उठाः

---

१. 'विषु' - केरल का वसन्तोत्सव- मकर संक्रांति दिन।

'एक गिलास चाय मिलेगी?'

'हाँ, दूध है या नहीं, पता करूँ।'

'ब्लैक टी काफी है।'

श्यामला जब रसोई में गई तब उसने सुख की लम्बी साँस ली।

लेकिन जब वह अकेला हो गया तब और बेचैन हो गया। उसके सामने अनेक अनुत्तरित सवाल उभर आए। क्यों इतनी लम्बी दूरी तय करके इधर आया?

क्यों? क्यों?

पाण्डवपुरम में अब सर्दी आने वाली है। सर्दी के पहले की प्रथम बारिश हुई होगी। उसमें जिन युवा जारों के मन शीतल हो गये वे रंगीन कम्बल के कपड़े पहनकर परफ्यूम लगाकर, बगीचे और सड़क पे घूमते फिरते होंगे। उनकी लालच भरी निगाहें खिड़की के पर्दों और पीली दीवारों को भेदकर मासूम जवान लड़कियों की लाज पर टिक जाती होंगी।

जल्दी उसका मन कराहने लगा। पाण्डवपुरम का एक सुन्दर सीजन मेरे हाथ से फिसलता जा रहा है। यहाँ स्वत्वबोधरहित एक स्त्री को सबूतों के सहारे विश्वास दिलाने की मुश्किल से कोशिश कर रहा हूँ तब पाण्डवपुरम में एक सीजन।

अगली गाड़ी से वापस जाऊँ?

तब इतनी जल्दबाजी में क्यों आया? उसने निस्सहाय होकर दाँत पीसते हुए पाण्डवपुरम की यादों को जानबूझकर दबाने की कोशिश की।

लेकिन उसको मालूम था कि पाण्डवपुरम सम्बन्धी मोहक यादों को जितना दबाकर रखने की कोशिश करे तो भी वे सब दुगनी शक्ति के साथ उभर आने वाली हैं।

सात

मेरी अपेक्षा के अनुसार उण्णिमेनोन मास्टर शाम को मुझसे मिलने आए। लगता है कि स्कूल छूटते ही सीधे आ रहे हैं। फुल स्लीव पीला शर्ट, छतरी, काँख में लेदर बैग।

उण्णिमेनोन मास्टर को दहलीज पर सहमे खड़े हुए उसने कमरे से देखा। उन्होंने कसम खाई थी कि अन्दर पैर नहीं रखेंगे। उनको संदेह होगा कि वे किसे बुलायेंगे। मेरा नाम उनको मालूम नहीं है। मालूम है तो भी कैसे बुलाएँगे? थोड़ी देर के बाद थोड़े संशय के साथ उन्होंने बुलायाः

'रघु...'

वह बाहर आया।

धोती सम्भालते हुए दहलीज की ओर गया।

'गया नहीं है न। मैंने सोचा कि सुबह की गाड़ी से गया होगा।' उण्णिमेनोन मास्टर ने कहा।

वह जल्दी एक झूठ बोला।

'सुबह उठने में देरी हुई। फिर स्नान आदि का कार्य हो गया तो गाड़ी का समय हो गया।'

'साढ़े तीन बजे के पैंसेजर से जा सकता था।'

'वह मुझे मालूम नहीं था।' उसने आश्चर्य प्रकट किया। उसमें जाने पर कई स्थानों पर उतरना और चढ़ना होगा न? जो भी हो अब कल सुबह की गाड़ी से जाऊँगा।'

उसने देखा कि उण्णिमेनोन मास्टर के चेहरे पर सवाल इकट्ठे हो रहे हैं। सहज ईर्ष्या ही है। इधर दो युवतियों के घर में एक अपरिचित युवा। बड़ा सूटकेस। उसमें पूरी महँगी चीज़ें होंगी। जेब में रुपए भरे होंगे।

'उँ '। एक व्यंग्य भरी आवाज़ निकालते हुए उन्होंने कहाः 'ठीक है, कल जाना अच्छा है।' उसमें निहित बुरे भाव को भाँपते हुए ही उसने एक आलस्य भरा जवाब दियाः

'हाँ, प्रायः कल जाऊँगा। नहीं तो परसों। नहीं तो उसके बाद...'

फिर कुछ भी कहे बिना, काँटे के बाड़े पर खँखारकर थूका। वापस जाते हुए मुड़कर मास्टर ने पूछाः

'शाम को घर आएँगे?'

'शायद।'

मास्टर को जल्दी चलते देख उसको हँसी आई। बेचारा मास्टर! मास्टर को किससे शिकायत है? देवी से, कुंञिक्कुट्टन से? या मुझसे?

शाम को टीले के ढलान की ओर ले जाने का वादा रघु से किया था। इसीलिए जाने की खुशी में वह अब रसोई घर के बरामदे में बैठकर जल्दी-जल्दी गृह पाठ कर रहा है।

आँगन में टहलते वक्त रघु से जो कहना है उसको उसने रूपायित किया। छोटे बच्चों के बड़े सवालों के लिए जवाब देना बड़ा मुश्किल होगा। जवाब मुझे देना ही है। सब सही भी होना चाहिए। जीने से भी कठिन है अनबीते अतीत को गढ़ लेना।

कुंञिक्कुट्टन, देवी और रघु सबको एक नया भूतकाल। उनके लिए भी अपरिचित, रंगीन भूतकाल। याद करते ही उसे खुशी हुई।

कुंञिक्कुट्टन की ज़िन्दगी वैसी ही रही होगी?

नहीं। सवाल मत पूछना। कहानी में सवाल नहीं है। सामान्य बुद्धि के लिए योग्य एक अतीत। उतना बस। उसकी सोच बीच में रूक गई। रघु उछलते कूदते आँगन की ओर दौड़ आया।

'जाएँगे?' उसने उत्साह के साथ कहा।

'थोड़ी देर बाद। धूप कम होने दे।' उसने कहा।

'धूप चली गयी।' उसने तुतली बोली में जिद्द की।

'थोड़ी देर बाद जाएँगे।'

'टीले के नीचे की ओर सूरज को जाते देखना है तो अभी जाना पड़ेगा।'

वह राजी हो गया। अपने कमरे की ओर जाते समय रघु हाथ पकड़ते हुए साथ हो लिया। तिलचटे की टिकिया की गन्ध भरी पेटी जब खोली तब रघु की आँखें फैल गईं। तहकर रखे गए शर्ट एवं पैकेटों के बीच उसे कुछ ढूँढ़ते देखकर वह घुटनों पर खड़ा हो गया। लाल रंग की शर्ट और ट्राउज़र देते हुए उसने कहा :

'आएगा या नहीं।'

'उसे यकीन आया नहीं, वह उलट पुलटकर देख रहा है। नया कपड़ा सूँघते हुए उसने कहा:

'यह मेरे लिए है?'

वह खुशी के साथ उछलते-कूदते भीतर गया। उस वक्त बडे ध्यान से वह कपड़ा बदलने लगा। साधारण धोती बदल डबल धोती पहन ली। नीले लाइंस की शर्ट पहनी। चेहरे पर पाउडर लगाया। लम्बे बाल पीछे की ओर बनाते समय बीच में जो सफेद बाल दिखाई पड़ा उसे ध्यान से निकाला। छोटे से डब्बे से परफ्यूम की बूँदें हाथ में लेकर शर्ट के इधर-उधर लगायी।

नये कपड़े पहनकर सैनिक के समान फास्ट मार्च करते रघु आ रहा था। खिल-खिलाकर हँसती हुई श्यामला भी।

कपड़ा अच्छी तरह आया है। यह साइज़ कैसे मालूम। श्यामला ने आश्चर्य के साथ पूछा।

'सात वर्ष के लड़के का साइज़ दूकानदार जानता है।' रघु खिड़की पर चढ़कर दीवार पर लगाए गए आईने में मुड़ते तिकुड़ते देख रहा है। अपने कपड़े देखकर आनंदित हो रहा था।

श्यामला की आँखें खुली पेटी में जिज्ञासावशर, लालच के साथ घूमते देखकर उसने पूछाः

'क्या है?'

'साड़ी है, किसके लिए है? तुम्हारी भाभी के लिए है?' जवाब दिए बिना हँस दिया।

'मैं ज़रा देखूँ।'

उसने सिर हिलाया।

एक नीली साड़ी लेकर खोलते ही पीछे से देवी ने बुलाया। अपराध बोध के साथ साडी सम्भालकर पेटी में रखकर अनमने होकर चली गई।

श्यामला दीदी बड़ी लालची है। जो भी देखे उसे चाहिए। रघु ने कहाः 'माँ हमेशा डाँटती है।'

'दीदी' पुकारती है? 'मामी है न?'

'मामी बुलाने पर उसे अच्छा नहीं लगता। दीदी पुकारना है।'

भीतर से आवाज़ सुनाई पड़ी। देवी श्यामला को डाँट रही होगी। धूप में ही वे निकले।

रघु बड़े उत्साह में था। स्कूल तक के रास्तों के मुख्य स्थानों का परिचय रघु ने दिया। नारायणन नायर का 'श्री भूतविलासम नायर होटल', उस्मान की पान की दूकान, हैंडलूम वस्त्र बेचने वाली सत्तावन नम्बर सोसैटी, उसके छत्त पर कालिख से लिखा हुआ टिन का बोर्ड - 'नवकेरल कलासमिति'।

चाय बनाने वाले युवक ने खिड़की से घूरकर देखते हुए बेंच पर बैठते बूढ़े से कुछ कहा। बूढ़ा पेट हिलाते हुए ज़ोर से हँस रहा था। 'जल्दी चलो।' उसने रघु से कहा। पान की दूकान के पास पहुँचते हुए रघु ने कहाः

'यहाँ एक दिन पुलिस आई। हम तो स्कूल से आ रहे थे। एक जीप में बहुत सी पुलिस आकर जल्दी-जल्दी जीप से उतरने लगी। मुझे डर लगा। हम भागते सोसाइटी के बरामदे में खड़े हो गए। उन्होंने उस्मान की दुकान से कुछ शर्बत-बोतल ले लिये। उसे भी जीप में लेकर जल्दी चली गयी।' जीप जिस रास्ते गई उसने वह रास्ता दिखाया।

थूनी के पास पहूँचते ही बायें ओर इशारा करते हुए रघु ने कहा :

'उस ओर जाना है।'

खुली ज़मीन के बीचोंबीच से लोगों के चलने से बना रास्ता। दोनों तरफ नारियल और ताड़ के पत्ते छाए घर। उसमें लकड़ियों की तालयुक्त आवाज़।

लगता है कि रघु को वह रास्ता उतना परिचित नहीं है। वह चुप था।

'रघु इधर गया नहीं?' उसने पूछा।

'एक दिन गया हूँ।' रघु ने कहा: 'पत्तामुदयम'[१] के दिन माँ और श्यामला दीदी के साथ मन्दिर जब गया...'

'वे सब याद हैं?'

'हाँ, अच्छी तरह याद है। उस दिन पहाड़ के बीच से सूरज का गिरना माँ ने देखने नहीं दिया। तब तक माँ को जाने की जल्दी हुई। उसने कहा कि रात हुई तो डर लगेगा।

बहुत चले होंगे। सूखे पड़े खेतों में संध्याकालीन धूप थकी मांदी सो रही है। लॉरी के चक्कों के बीच फँसकर क्षतविक्षत सड़क का रूप नष्ट हो गया था। उसके दोनों तरफ पत्थर के ढेर लगाए हुए हैं। खेत के बीच से टेढ़े मेढ़े रास्ते से बहते नाले के ऊपर पत्थर का जो पुल है उसके ऊपर रघु खड़ा हो गया।

'रघु, पैर दुखते हैं क्या?' उसने पूछा।

'नहीं, नहीं। चाहिए तो टीले तक दौडूँगा।'

'सही रास्ते पर हैं, न?'

रघु सात साल के लड़के से ज़्यादा समझदार है।

'यही है रास्ता, यहाँ एक ही रास्ता है। थोड़ी दूर तक जाने पर एक छोटा कुआँ है। उसमें पत्थर फेंके तो लंबे समय के बाद ही आवाज़ आती है।

मोड़ पार करने पर एक चढ़ाव देखा। लाल गोलाकार पत्थरों पर ध्यान से कदम रखते हुए जब वह चल रहा था तब रघु दौड़ते हुए चढ़ रहा था।

'रघु धीरे, गिर जाएगा।'

उसका जवाब एक हँसी मात्र थी।

हाँफते हुए जब वह चढ़ाव के ऊपर पहुँचा तो रघु छोटे कुएँ की ओर पत्थर फेंक रहा था। सघन फफूँद से आवृत, झाड़ियों से भरा, अतल न दिखाई पड़ने वाला छोटा कुआँ।

पश्चिम में सूरज गायब हो रहा था।

'आओ, जाएँगे,' उसने कहा: 'सूरज को देखना है तो जल्दी जाना है।'

वह जल्दी चल रहा था। रघु उसके आगे दौड़ गया। जब वह टीले के ऊपर पहुँचा तब रघु एक पत्थर से सटकर खड़े होकर हाथ पसार रहा था।

---

१. मलयालम कोल्लवर्ष का नवाँ महीना 'मेडम' (वैशाख महीना) का दसवाँ दिन। उस दिन सूर्य सबसे उच्च स्थिति पर होता है।

वह पत्थर पर बैठा।

नीचे, नारियल के पत्तों के उस पार ग्राम को घेरकर जाने वाली छोटी नदी। नदी की सीमा पर पश्चिम पहाड़ के बीच से उतरने वाला सूरज।

वह एक कहानी सुनाने लगा :

'बहुत पहले, पाण्डवपुरम और उसके आसपास के प्रदेश बड़े जंगल थे। उसके दोनों छोरों पर एक-एक गाँव था। वहाँ की अधिकांश जनता जंगली थी। वे आपस में लड़ते, बीच बीच में जंगलों से जानवरों को मारकर भूनकर खाते ज़िन्दगी काट रहे थे। तब थोड़े परिष्कृत देशी लोग इधर-उधर जंगल काटने लगे। गेहूँ और मकई की खेती करने लगे। धीरे-धीरे दोनों के मिलन से वहाँ एक संकर संस्कृति रूपायित हुई। उनकी सन्तान की शिराओं में जंगली और देशी लोगों का संकर रक्त बहता था। इसलिए वे जंगली एवं देशी दोनों लोगों के समान ज़ीने लगे।

उसी बीच दक्षिण गाँव में कहीं से एक स्वामी आ गया। लम्बे सफेद और जटापूर्ण बाल। सफेद दाढ़ी। ललाट भर भस्म। अपूर्व तेजस्वी मुख। लाल मिट्टी की सडक के किनारे एक बूढ़ा पीपल था। उसके चारों ओर फैली मोटी जड़ों की एक पीठ पर स्वामी बैठा। दिन भर स्वामी साधना में होता। शाम के वक्त जब पीपल की डालियों पर सिर उलटा कर लटकते चमगादड़ हिलने लगता तब स्वामी जाग उठता। तब तक स्वामी से मिलने की प्रतीक्षा में बड़ी भीड़ पीपल के चारों ओर इकट्ठी हो जाती। जब वह आँखें खोलता तब जिस पर सबसे पहले दृष्टि पड़ती उसको हाथ के इशारे से पास बुलाता। जब वह आदमी घुटनों पर सिर झुकाकर खड़ा होता है तब स्वामी उसके सिर पर हाथ रखते हुए उसके पूर्वजन्म की कहानियाँ कहने लगता। इस जन्म की उलझनों को पकड़ते हुए स्वामी पीछे की ओर चला जाता था। फिर पूर्वजन्म के किसी अज्ञात रूपों से बाँध देता था। इस जन्म की हर प्रवृत्ति की जड़ को स्वामी ने पूर्व जन्म में ढूँढ़ निकाला। सब स्वामी पर भरोसा करते थे। स्वामी द्वारा सुनाई गईं कहानियाँ आकर्षक थीं ।

स्वामी का नाम देश-सीमा को भी लाँघकर फैलने लगा। पास के गाँवों से ही नहीं बल्कि कई देशों से भक्तजन स्वामी से मिलने आने लगे। स्वामी के दर्शनार्थ दिनों तक वे प्रतीक्षा निरत रहते थे। कभी-कभी दर्शन के बिना निराश होकर उनको वापस भी जाना पड़ा। लेकिन घर में वे टिके नहीं रह सके। जल्दी ही वे वापस आते...

एक बार एक नास्तिक ने स्वामी से कहा: 'स्वामी, आप जो कहते हैं, ठीक है, मैं मानता हूँ। लेकिन स्वामी के दिव्यत्व को मानना है तो मेरे भविष्य के बारे में भी बताना है।' तब स्वामी ने हँसते हुए कहा: 'मैं दिव्यत्व का दावा नहीं करता हूँ, बेटा। अनावश्यक स्थान मुझे मत दो। लेकिन याद रखो काल बडा शक्तिशाली है। भूत वर्तमान से होकर भविष्य की ओर। उसे काटने का अधिकार किसी को नहीं। भविष्य केवल जिज्ञासा है। इसलिए अपनी

जड़ें सबसे पहले भूत में ढूँढ़ो। फिर वर्तमान से होकर जाओ।'

फिर किसी एक अमावसी रात को चारों ओर के सघन अंधकार को साक्षी बनाकर स्वामी ने गाँव भर को चौंकाने वाली एक भविष्यवाणी कर दीः

'यहाँ एक दुर्घटना होने वाली है। तुम लोगों को तुम्हारा संस्कार ही खा जाने वाला है... जल्दी ही तुम्हारा अस्तित्व ही खतरे में पड़ने वाला है।'

वह स्वामी की पहली और आखिरी भविष्यवाणी थी।

रघु की समझ में कुछ आया नहीं। वह मुँह फाड़े बैठ देखता रहा।

'फिर स्वामी को क्या हुआ?' उसने पूछा।

'क्या होना था?' उसने लम्बी साँस लीः 'एक दिन स्वामी गायब हो गया। जैसे कहीं से आया वैसे कहीं और गया।'

'फिर?'

'स्वामी की भविष्यवाणी ठीक निकली।' लम्बी साँस लेते हुए उसने कहाः

'एक दिन कुछ यंत्रों को लेकर कुछ गोरे लोग गाँव आए। उन्होंने गाँव में डेरा डाला। विचित्र भाषा बोलते हुए गाँव भर घूमते रहे। लाल चमड़े वाले अजीब जीवों को देखकर गाँव वाले चकित हो गए। उनकी तीखी आँखों से बचने के लिए अनावृत छातियों वाली देशी लड़कियाँ घरों में जाकर छिप गईं। कायर पुरुषों ने उनके द्वारा फेंक दिए गए सोने के सिक्कों की चमक में अपनी स्त्रियों को उनके तम्बुओं में ले जाकर भेंट में चढ़ा दिया... वे रोज़ सुबह जंगल की ओर जाते थे। संध्या होने के पहले ही पसीने में डूबकर थके हारे वापस आते थे। देशी लोग जानते नहीं थे कि वे लोग जंगल में क्या कर रहे थे। एक बार जंगल में कंदमूलों की खोज में जो लोग गए उन्होंने देखा कि ये गोरे लोग जंगल के बीच में गड्ढा खोदते थे। यंत्रों से बनाया हुआ गहरा गर्त। एक चाँदनी रात में वे विदेशी लोग देशी शराब पीकर मदमत्त हो गए। वे गोरे परस्पर आलिंगनबद्ध होकर नग्न नृत्य कर रहे थे। देशी लोगों ने घबराते हुए दूर खड़े होकर यह शोरशराबा देखा। उनको लगा कि कई दिनों से गोरे लोग जो ढूँढ़ते आ रहे थे वह मिल गया। लेकिन उसके परिणामों के बारे में उनको कोई जानकारी नहीं थी। फिर उन गोरों के पीछे और भी गोरे आ गए। काले त्वचा के, काले पतलून पहनकर और भी देशों से लोग आए। धूल उड़ाते हुए जीपें आईं। लॉरियाँ आईं। धीरे-धीरे उन्होंने पूरा जंगल साफ कर दिया। जलाया। जंगल के भीतर से कभी-कभी बन्दूक की आवाज़ गूँजती थी। आग से, गोरों की गोलियों से जानवर बच नहीं पाया। बेचारे मनुष्य उनके पैर चाटकर गुलाम बनकर जी रहे थे।

'गोरों के हाथ में बड़ी बन्दूकें थीं, है न?' रघु ने पूछा।

उसने सिर हिलाया।

'उन बन्दूकों के सामने देशी लोग जोंकों के समान सिकुड़ गए। गोरे लोग जबरदस्ती

झोंपड़ियों में घुस गए। पुरुषों को खींचकर बाहर कर दिया। पेड़ों से बाँध डाला। उनकी स्त्रियों ने बाद में गोरी आँखों और लाल रंग के बालों वाले मोटे तगड़े बच्चों को जन्म दिया। जंगलों के दूसरे छोर पर, जहाँ उन्होंने गड्ढ़ा खोदा था वहाँ से बहुत दूरी पर नए-नए मकान उभर आए। फैक्ट्रियाँ बनीं। चिमनियाँ बनीं। मज़दूरों को रहने के लिए कॉलोनियाँ बनीं। पाण्डवपुरम बना। उनके संकर रक्त से उत्पन्न है आज की पांडवपुरम की पीढ़ी।'

रघु तब भी आँखें फाड़कर बैठा रहा। उसको हँसी आयी। इस छोटे बच्चे को पांडवपुरम की कहानी सुनाना क्या उचित है?

उसने पूछाः

'क्या रघु को पाण्डवपुरम की कहानी पसन्द आई।'

'हाँ'। रघु ने कहाः 'वहाँ अब भी गोरे लोग हैं?'

'नहीं, नहीं,' असली गोरे लोग कब से चले गये। लेकिन उनके बदले में देशी गोरे लोग हैं।

'वे भी गोरों के जैसे हैं?'

'हाँ, लगभग। लेकिन त्वचा मात्र काली है।' 'पाण्डवपुरम के बारे में दूसरी एक कहानी है। एक स्त्री के लिए आपस में लड़कर बरबाद हुए पाँच भाइयों की कहानी। वह मैं बाद में सुना दूँगा।'

कुछ देर के बाद पश्चिमी पहाड़ जल्दी काला होने लगा, और काले पेड़ों के बीच में से थोड़ी ठण्डी हवा बहने लगी। तब रघु का हाथ धीरे-धीरे दबाते हुए उसने पूछाः

'रघु मेरे साथ आओगे?'

'कहाँ?'

उसकी आँखों की ओर देखते हुए रघु ने पूछाः

'पाण्डवपुरम की ओर।'

'पिताजी के पास?'

क्षण भर तक की शंका के बाद उसने कहाः

'हाँ।'

'माँ भी आएगी?'

'हाँ।'

रघु की आँखें खिल उठीं। आकाश की लालिमा में आँखें गड़ाकर वह कुछ सोच रहा था। अभी तक जिस पिताजी के दर्शन नहीं हुए उसके बारे में, पाण्डवपुरम की जादूभरी दुनिया के बारे में।

उसने पूछाः

'क्या सब पाण्डव पाण्डवपुरम में रहते थे?'

'हाँ।'

'मामा ने भीम को देखा? यह टीला जैसा सिर, छोटा कुआँ जैसा मुँह, नारियल का पेड़ जैसा हाथ, ये सब हैं भीम को?'

'हाँ।'

'बक को उसने पाण्डवपुरम में मारा?'

'हाँ।'

'मामा ने बक को क्या मारते देखा?'

'तब मैं दफ्तर में था।'

'हाय, बक को खाना खाते हुए देखने में कितना मज़ा होगा? एक ग्रास एक बड़े नारियल के बराबर होगा? एक बैलगाड़ी भर का खाना बक एक ही बार में खाता है।

'ये सब किसने कह दिया? '

'श्यामला दीदी। खाना श्यामला दीदी का प्रिय विषय है।'

फिर, लम्बे समय के बाद, झीने अन्धकार से होकर पहाड़ के ढलान से उतरते वक्त रघु के छोटे हाथ अपने हाथ में दबाते हुए वह कहने लगा :

'रघु पिताजी से क्यों मिलना चाहता है? पिताजी को तुमसे मिलना पसन्द नहीं हो तो? पसन्द है तो आकर मिलना था। तुम जानते हो, तुम्हारे जन्म के पहले ही तुम्हारे पिताजी तुम्हारी माँ को छोड़कर चले गये। पाण्डवपुरम में तुम लोगों से मिलने पर वह परिचय के लिए तैयार नहीं हो तो? वहाँ उसकी दूसरी पत्नी और बच्चे हों तो? अपनी सन्तानों से प्यार न करने वाले पिताजी को कौन पिताजी कहेगा?'

फिर उसने सोचा, इस लड़के को याद करने के लिए एक अतीत नहीं था। उसको भविष्य मात्र है न? फिर क्यों एक भूतकाल का बोझ उसके सिर पर मढ़ दूँ।

रघु के बालों के बीच हाथ फेरते हुए उसने कहा :

'पाण्डवपुरम में हमारी अपनी कॉलोनी में ही एक स्कूल है। रघु को वहाँ भर्ती कर दूँगा। यहाँ के स्कूलों से वह अलग है। बड़ा स्कूल है। स्कूल के बच्चे हरे रंग का यूनिफॉर्म पहनकर आते हैं। अंग्रेज़ी में पढ़ाते हैं। एक साल के बाद रघु भी गोरे लोगों के समान अच्छी अंग्रेज़ी बोलने लगेगा।'

रघु ने बीच में पूछाः

'गोरे लोगों के समान बड़ी बन्दूकों से गोली मारना सिखायेंगे?'

उसे अनसुना कर वह बोलता रहा :

'उस स्कूल की पढ़ाई के बाद दो मील दूरी पर हाई स्कूल है। स्टैल के साथ आने जाने के लिए हरे रंग की बस है। स्कूल के बाद कॉलेज। वैसे पढते पढते जब बड़ा हो जाएगा तब सूट, टाई, बड़ी नौकरी, कार, बंगला...'

उसने वहाँ रोक दिया। पंचायत के दीपक के धुँधले प्रकाश में आर-पार भागते मेढक को रघु पत्थर मार रहा था।

उसने थोड़ा निराश होकर पूछाः-

'मैंने जो कुछ कहा वह सुना?'

'हाँ।'

'क्या सुना?'

'हरी बस में स्कूल जाऊँगा।'

'हाँ, वही। रघु मेरे साथ पाण्डवपुरम आने को तैयार है?'

रघु ने जवाब नहीं दिया।

मुड़कर, थूनी के पास आकर मुख्य सड़क पर जब आए तब रघु ने संशय के साथ पूछाः

'माँ, श्यामला दीदी और नानी सब आएँगी? इस बार किसी हिचक के बिना वह बोल सकाः 'आएँगी, ज़रूर आएँगी।'

आठ

नींद न आने पर वह चटाई पर करवटें बदलता रहा। चाँदनी रात है। खिले हुए नक्षत्रों से भरा निर्मल आकाश खिड़की से दिखाई देता है।

अचानक दरवाज़ा खुलने की आवाज़ सुनाई पड़ी। उसने आश्चर्य के साथ देखा– देवी!

चटाई पर उठ बैठा। वह घबरा गया कि क्या कहे, लेकिन कहा:

'बैठिए।'

कहने के बाद ही उसने सोचा, इस कमरे में एक ही चारपाई है।

उसे अनसुना कर, देवी एक कोने में खड़ी हो गई। दीवारों पर पड़े शेड से जो प्रकाश गिर रहा था वह उसके चेहरे पर पड़ा। देवी का आधा भाग अँधेरे में था। भस्म लगाए ललाट के नीचे के उसके चेहरे के भाव वह सही ढंग से देख नहीं पाया।

'मैं एक बात पूछने आई हूँ।'

उसको लगा कि उसकी आवाज़ में असाधारण दृढ़ता थी। आगे सुनने के लिए उसने कान लगाया।

'फिर भी पूछ रही हूँ, मुझे कोई रास्ता नहीं सूझता । आप इधर क्यों आए? इस घर का पता कैसे मिला? आपका उद्देश्य क्या है?'

बम की तरह कुछ सवाल दागकर हाँफते हुए वह दीवार से सटकर खड़ी हो गई।

जवाब दिए बिना, धीमी आवाज़ में वह हँस दिया। और कुछ करने को उसे सूझा नहीं।

देवी ने कहा:

'आपको मैं समझी नहीं।'

'देवी को मैं भी।'

'मैंने कोई भी गलती नहीं की है न? फिर क्यों मुझे ऐसे सता रहे हैं? उस दिन, जब आपने जो कुछ कहा वह सुनकर मैंने सोचा कि आप मज़ाक कर रहे हैं। फिर बार-बार आप वही दोहराते रहे, तब थोडी शंका हुई। फिर भी मैंने सोचा कि दूसरे दिन की गाड़ी से आप चले जाएँगे। लेकिन आप जान-बूझकर यहाँ रुके रहे। शुरू में आपने जो कहा, वो सब तोते के समान अब भी रट रहे हैं...।

उसको लगा कि वह इस कोशिश में है कि गला न भर आए। शान्त आवाज़ में उसने कहा:

'मुझसे जाने को देवी ने अभी तक कहा नहीं।' आप यदि कहतीं तो मैं ज़रूर चला जाता। कल सुबह की गाड़ी से या इसी क्षण।'

वह जवाब की प्रतीक्षा कर रहा था।

तुरन्त वह कुछ कहने को हुआ लेकिन नहीं कहा। उसने चैन की साँस ली।

कुछ देर के बाद, काँपती आवाज़ में वह बोली:

'कुंञिक्कुट्टेट्टन जब मुझे छोड़कर गया, मैं थक नहीं गई थी। मेरे घर वालों ने भी कहा कि सबका कारण मैं हूँ, तब भी मैं नहीं थकी। इस समय तक बहुत कष्ट झेला। बच्चे को पाला।अपने कष्टों को मैंने किसी से कहा नहीं। गरीबी के बावजूद मैंने आशा नहीं छोड़ी, मैं स्वतंत्र हुई। तब आपका आगमन...'

उसे आशंका थी कि उसका हृदय पिघल जाएगा। खुद अपने को सम्भालते हुए उसने कहा :

'देखो, कोसों दूर का पुराना नगर है पाण्डवपुरम, अपनी स्मृतियों में उसकी सृष्टि करने की जतन कर रही हूँ मैं। स्मृतियों के हल्के रंगीन परदों में उस नगर के रंग एवं सौन्दर्य बदलते जाते हैं। अमूल्य स्मृतियों को सम्भालकर रखने की कोशिश कर रहा हूँ। एक में प्राण फूँक देता हूँ तब दूसरे का ज्ञान उभरकर अभी तक गठित रूपों को नष्ट कर, दूसरे अनदेखे, अज्ञात रूपों में परिणत हो जाता है।

थोड़ा रुककर वह पुनः बोलने लगा :

नींद आए बिना चटाई पर लेटे-लेटे मैं देवी के बारे में सोचता रहा। देवी में आए बदलाव के बारे में। उसके कारणों को ढूँढ़ निकालने में मैं कामयाब नहीं हुआ। आपकी शिकायत यह है कि मैं प्रमाणों को रखता हूँ। इसलिए और एक प्रमाण भी दे रहा हूँ। आगे कभी मैं उसके लिए प्रयत्न न करता... पहाड़ के ऊपर के दुर्गा-मन्दिर में दर्शनार्थ हम दोनों मिल कर गए, याद है? वह तो श्रावण का कोई विशेष दिन रहा होगा। घोड़े की टापें ताल के साथ पड़ रही थीं हम दोनों और मुलायम सीटों पर सटकर बैठे थे। एक दिवास्वप्न के अन्त में लाल पत्थर से बनाए जैसे कई बार गायब और प्रत्यक्ष हुआ एक लाल रेखाचित्र अब मैं याद कर सकता हूँ। देवी ने उस दिन लाल रंग की साड़ी पहनी हुई थी। माँग में सिन्दूर था। माथे पर सिन्दूर की बड़ी बिन्दी थी। मैंने जब आप से पूछा कि दुर्गा से क्या प्रार्थना करने जा रही हैं, तो आपने जल्दी जवाब नहीं दिया। आखिर थोड़ी शरम के साथ कहा: साक्त, पुरुषत्व से युक्त एक बेटे के लिए प्रार्थना करूँगी।' मन्दिर में बहुत भीड़ थी। सांवले रंग की देशी लड़कियों के बीच आपको एक अग्निज्वाला के समान खड़े होते देख मुझे थोड़ी ईर्ष्या और गर्व महसूस हुए। दर्शनार्थ खड़े हुए लोगों की निगाहें दुर्गा की मूर्ति पर

नहीं बल्कि आपके चेहरे पर थीं। आरती उतारने के बाद जब पुजारी कपूर-थाल आपके सामने लाए, तब उस ज्वाला में मैंने सिन्दूर फैला मुख, खुले लम्बे बाल, लाल होंठ और लाल कपड़े देखे, वह मैं भूल नहीं सकता हूँ। शायद हम सभी ने आपके सामने हाथ जोड़े होंगे।

देवी तब भी उस छाया में खड़ी रही। उसको लगा कि देवी के होंठ काँप रहे हैं। देवी के कुछ बोलने से पहले ही वह पुनः कहने लगा :

'जिस दिन पहली बार आप और कुंञिक्कुट्टन के बीच झगड़ा हआ, वह मुझे अच्छी तरह याद है। वह एक ठण्डी रात थी। मैं अपने कमरे में कम्बल ओढ़े बैठा कोई पुस्तक पढ़ रहा था। सर्दी का मौसम था, इसलिए कॉलोनी के सभी घरों के दीप बुझ गए थे। अचानक आपके घर से शोरगुल सुना पहले उस ओर मैंने ध्यान नहीं दिया। उन दिनों मैं आपके उतना निकट नहीं आया था। आप मेरे मित्र कुंञिक्कुट्टन की सुन्दर पत्नी ही थी, उससे ज़्यादा कोई विशेष आकर्षण आपसे नहीं था। मैंने यही समझा कि पति-पत्नी के बीच का झगड़ा है, उसमें दूसरे का आना सही नहीं था। इसलिए उस ओर ध्यान दिए बिना मैं पढ़ता रहा। बाद में जब कुंञिक्कुट्टन की बहुत निर्मम फटकार और स्पष्ट हो गई और लगातार आप्के रोने की आवाज़ मेरे कानों में पड़ने लगी तब मैं बैठ नहीं पाया। कमरा बन्द कर भाग आया तो मैंने जो दृश्य देखा वह चौंकाने वाला था। कुंञिक्कुट्टन आपके बालों को पकड़कर शयनकक्ष से बाहर की ओर खींच रहा था। शायद उसका उद्देश्य आपको घर से बाहर करना रहा होगा। उसका चेहरा राक्षस का सा था। क्रोध से वह ऐसा कांप रहा था जैसा उस पर प्रेत का असर पड़ा हो। मैंने किसी प्रकार उसके हाथों से आपको अलग कर दिया। यद्यपि मुझसे वह कमज़ोर था तो भी वह मेरे हाथ से अलग होने के लिए छटपटा रहा था। बहुत कोशिश करने पर भी वह मुझसे बच नहीं पाया। तब उसका गुस्सा थोड़ा हल्का हो गया। वह भागते-भागते थके हुए कुत्ते के समान हाँफता रहा। गुस्से के मारे दाँत पीसते हुए गुर्राता रहा हैं? मैंने डाँटाः 'पड़ोसी लोग क्या सोचेंगे?' उसके जवाब के रूप में भी वह आपको गालियाँ देता रहाः जादू-टोना और पूजा आदि के बारे में। उस दिन उसका अर्थ मैं समझ नहीं पाया। बाद में पूरा इतिहास जानने पर उसे मैं कुछ समझ पाया। मुझे उससे हमदर्दी हुई। जो भी हो उस दिन सही समय पर मेरे हस्तक्षेप की वजह से आप उस भयानक सर्दी से बच गईं। बाद में गुस्सा थोड़ा शांत हो गया तो उसने काँपती आवाज़ में पूछा कि 'तुम्हारे जाने के बाद क्या मैंने इसे बाहर निकाला तो? मैंने जल्दी ही बिना संशय के जवाब दिया कि 'ऐसा हुआ तो मैं उनको अपने घर ले जाऊँगा। मुझे एक साथी मिलेगा।' वह चौंक गया। वह उसने कतई सोचा तक नहीं था। पहली बार देखने के समान उसने आपको कई बार चोटी से एडी तक घूरकर देखा। उसके चेहरे पर ईर्ष्या उमड़ रही थी। वह मुझे एक दुश्मन समान, एक जार समान देख रहा था। मुझे निर्मम तृप्ति महसूस हुई। मुझे पक्का

विश्वास था कि कम से कम उस रात में आपको वह बाहर नहीं करेगा...'

'हे ईश्वर...' देवी का फुसफुसाना उसने सुना।

'देवी...' उसकी आवाज़ बहुत नरम थी।

'मेरी एक प्रार्थना है। आप मुझ पर भरोसा न करने पर भी गलत मत समझिए। मेरा किसी प्रकार का गलत उद्देय नहीं है, यह पहले ही मैं बता चुका था। मुझे पागल बनाने वाले कितने ही अवसरों पर आप युद्ध में हारकर थके हारे मेरे कमरे में आश्रय लेने आयी थीं। ऐसे क्षणों में प्राय: एक युवक से जो चपलताएँ होने की सम्भावना है उनसे मैं दूर रहा। आपके साथ अनुचित व्यवहार नहीं किया। शायद मुझे एक निर्विकार युवा समझा होगा आपने। पुराणों में जिस पातिव्रत्य की पवित्रता की संकल्पना बताई गई है उसने मुझे रोका नहीं। आपको अपवित्र बनाने के सम्बन्ध में मैं सोच भी नहीं सकता। आप मुझे यों ही पसन्द थीं।

कोने की छाया हिली। उसे चौंकाते हुए देवी फूट पड़ी।

'तो... तो आपने क्यों इतनी देरी की? पाण्डवपुरम से एक छोटे से बच्चे को लेकर कितने सालों पहले मैं वापस आई। एक बार भी ढूँढ़ने आये नहीं। पता लगाने के लिए एक चिटठी भी नहीं भेजी। प्यार है! मैं बिलकुल अनाथ हूँ। क्या आपने ढूँढ़ा कभी कि गरीबी से मैं मर गई हूँ? कितने दिनों तक आपका इन्तज़ार किया। हर रोज़ आपकी चिट्ठी की प्रतीक्षा करती थी। हर गाड़ी के आगमन की प्रतीक्षा करते हुए रोज़ शाम को रेलवे स्टेशन पर पहरा दिया। प्यार है...'

खिड़की से उसके थूकने की आवाज़ सुनकर वह चौंक पड़ा।

वह बोलती रही...

वह अचम्भे में फँस गया।

प्रतीक्षा की? किसको? किसके लिए? पाण्डवपुरम से छोटे बच्चे को लेकर निकली क्या? कब? कब?

मैंने जैसा कहा वैसा ही देवी बदले में बोल रही है क्या? मेरी खिल्ली उड़ाना चाहती है?

लार को निगलने की कोशिश करते वक्त उसने देखा कि दरवाज़ा बन्दकर देवी जा रही है।

उसको लगा कि जितनी याद करता है उतना ही रहस्य और उलझनें बढ़ती जा रही हैं। वह जगह, उनके बीच का छोटा घर, उनके भीतर के मनुष्य सब रहस्यों के दलदल में डूबते जा रहे हैं। पाण्डवपुरम के समान एक ही समय क्या सत्य और झूठ बन रहा है यह स्थान भी। कौन-सा सत्य है। कौन-सा झूठ है?

समझने में वह नाकाम हो गया।

नौ

हाँ अब मैं सबका भरोसा कर सकी हूँ। कल्पना एवं सत्य के बीच की जलमाया कब से मिट गई। सब सत्य है। उसका थका हुआ चेहरा, जिस पाण्डवपुरम ने उसको जन्म दिया वह अनदेखा विचित्र संसार, वहाँ का देवी-मन्दिर सबके सब सत्य हैं।

देखो, उस कमरे में वह है। चारपाई पर लेटकर सपना देख रहा होगा। मैं कल रात उसे एक नया रूप दे सकी। उससे मैं सन्तुष्ट हूँ। मैंने ऐसे किसी क्षण के बारे में सोचा तक नहीं था, जब कुंञिक्कुट्टेट्टन के प्रति घृणा, प्रतिशोध आदि उफन कर आए तब मुझे ऐसा ही लगा।

अब मेरी कल्पनाएँ मुड़कर दूसरे रास्ते पर जा रही हैं।

मैं एक ऐसे मुक़ाबले के लिए ही उसका आवाहन कर आयी हूँ, न? उसका, कुंञिक्कुट्टेट्टन का, पुरुष का फन अपने पैरों के नीचे कुचल देने का मैंने चाहा नहीं था?

हे देवी, उसके लिए मुझे शक्ति दो।

धुँधला दिन नदी से मिल रहा था।

सफेद बालू पर उँगली चलाते हुए नदी के किनारे वह बैठा था। कल रात के बाद आज, पाण्डवपुरम आश्चर्यजनक यथार्थ बन गया है। गिरिजाघर के प्रार्थनाकक्ष में सतरंगे शीशे के टुकड़ों वाला 'शररान्तल' पुनः गिरकर टूट गया। सबसे पहले लाल रंग की खपरैल बिछाए फर्श और पीले रंग के टिन के छत वाले कुछ छोटे-छोटे घर दिखाई पड़े। फिर पीछे साँचे में ढले पीले रंग के मकान। पूरी कॉलोनी का मैला पीला रंग था। फैक्ट्री की लम्बी चिमनियों से निकलने वाली विषैली वायु को पीकर पीले पड़े लोगों के चेहरे। फैक्ट्री और कॉलोनी को जो काली सड़क मिलाती है उसके किनारे बिजली के खम्भे पीले रंग का प्रकाश बिखेरते रहे। कॉलोनी के ऊपर मैला पीला धुआँ बादल की परत के समान लटकता रहा। हमेशा उसका रूप बदलते रहे। कभी वह मछुए का भूत, सर्वसंहारी दुर्गा, शान्तस्वरूपा माँ बनकर...

मैदान के उस पार शरणार्थियों के डेरों और उत्तर के टीलों के बीच के छोटे तालाब में उछलने कूदने वाली मछलियों को देखकर किनारे श्वेत बगुले एक पैर पर तपस्या कर रहे थे।

पाण्डवपुरम आश्चर्यजनक सत्य बनता जा रहा है।

अब वह आश्चर्य भी पिघल गया था। टीले के ढलान में झाड़ियों में धुँधली नदी में, रोज़ मिलजाने वाले दिन के समान, मेरे इस शापग्रस्त अकेलेपन के समान, ताल बजाकर स्टेशन छोड़ते अन्तिम काले चतुरकोन समान, सबके सब सत्य बन रहे हैं।

शररान्तल, ऑरेंज के बगीचे, घास का मैदान, श्वेत बंगुला, बूढ़ा घोड़ेवाला सब के सब...।

फिर भी मन दुखता है। तुमने जो स्मृतियाँ दीं उन सबको एक-एक करके क्रमबद्ध रूप में जोड़कर कई अज्ञात रूपों को गढने की जब कोशिश करता हूँ तो लगता है कि मैं कितना मूर्ख हूँ। पहले जिज्ञासा के विचित्र रूप में शुरू हुआ, फिर बढ़ते-बढ़ते निकट का सम्बन्ध बन गया। प्यार की गहराई प्रकट करने वाले उबाऊ शब्दों का आदान-प्रदान नहीं हुआ। लेकिन ऊष्म रिश्ते की गाँठें कसी हुई थीं। उसने जो ज्ञान जगाया वह स्नेह का था। तेरे अकेले होने के अपूर्व क्षणों में दौड़कर तेरे पास आकर तेरे उबाऊ अकेलेपन में हिस्सेदार बन जाता था। इस प्रकार किन्हीं अज्ञात अर्थों को ढूँढ़ने को न जाने किस शक्ति ने मुझे प्रेरित किया। लेकिन वह शब्दों, आवाज़ों और गन्धों के ऊपर का कोई बड़ा ज्ञान था। उसे स्नेह कहने से मैं डरता हूँ। जार के लिए स्नेह ज़रूरी नहीं है। अनावश्यक आडम्बर है। लेकिन यह विश्वास करो कि तुम्हारे निकट जिस क्षण मैं आ गया उसी क्षण मैंने अपना जार का मुखौटा फेंक दिया था। जब मेरी बेचैन रातें लम्बी हो गईं, बनना और बिगड़ना मुश्किल हो गया, तब तुम मेरे सपने में बनी रही। तुम्हारे उभारों को चूमते, तुम्हारे लम्बे बालों में उँगलियाँ फेरते, तुम्हारे गीले अधरों में मुख दबाकर मैं कहीं आश्रय ले रहा था। हाँ, उन दिनों मेरे अन्दर तू ही थी। जब मैंने समझ लिया कि जार की नियति लेकर जन्मे मुझे ऐसे स्वप्न देखने का अधिकार नहीं है तो यथासम्भव शक्ति अपनाकर यह एक जार के स्वार्थ का काला दाग जान पड़ी कसम खाकर इसे मज़बूत करने की मैंने कोशिश की। कल तुम्हारे चेहेरे पर दिखाई पड़े भावों को मैं समझ नहीं पाया। थूकते हुए 'मैं तुझसे घृणा करती हूँ, चले जाओ मेरे जीवन से', यदि कहती तो जिस प्रकार आया उसी प्रकार दिन रात को ताल में मिलाती गाड़ी में चढ़कर वापस चला जाता। तूने जान बूझकर कि वैसा कुछ नहीं कहा होगा। तेरे चेहरे की सूखी हँसी ने मुझे विस्मित कर दिया। उसमें मेरे लिए कई अज्ञात बातें छिपी पड़ी थीं। वह हँसी मेरी आराध्य देवी की नहीं थी। मुझे लगा कि तुम किन्हीं बुरी शक्तियों के चंगुल में फँस गई हो। तेरी मोहक शक्ति पर कोई और रंग पड़ा हो जो मेरे लिए अबूझ है। यह सबसे बड़ा झूठ था कि देवी मेरी प्रतीक्षा कर रही थी। क्या तू सोचती है कि ये सब कहने पर मैं विश्वास करूँ?

सपना देखने की शक्ति सबसे बड़ा अभिशाप है।

मैं यहाँ अनाथ बन रहा हूँ। तुहिन परतों में पिघलते चेहरे और हवा के झोंकों से पद छाप जाती। पीले छिलके को फोड़ते काले अंकुर समान, आश्विन महीने में खिलने वाले ढेर सारे फूलों में एक बार हँसकर मुरझाते पीले पुष्पों के समान, लू में पेड़ की डालियों से रुदन के साथ गिर पड़ने वाली चिड़ियों के समान...

इन सबको भीतर दबाने की शक्ति मुझमें नहीं है।

पाण्डवपुरम मुझे उस ओर बुला रहा है। वह मेरा आश्रय केन्द्र है। मैं हमेशा वहीं लौट आता हूँ। विचित्र रिश्तों का धागा पकड़कर यहाँ नहीं आना था। मैं यहाँ कोई भी नहीं हूँ। मुझे जिन्होंने पहचान लिया उनके चेहरों पर भी अपरिचय का भाव है। मैंने अब समझ लिया कि रिश्तों में जड़ जमाने का प्रयत्न व्यर्थ है। किसी से रिश्ता न जोड़ना है, न तोड़ना है। किसका किससे स्थाई रिश्ता होता है? अवसर के अनुसार मुखौटा पहना जाता है।

पाण्डवपुरम मेरा प्रिय पाण्डवपुरम।

पाण्डवपुरम एक तसल्ली है। बेचैन मनों में पाण्डवपुरम के गिरजाघर के शीशे के टुकड़ों वाला शररान्तल गिरकर टूट जाता है। रंगीन काँच के टुकड़े चारों ओर बिखर जाते हैं। भूल से नहीं बल्कि यादों से पाण्डवपुरम सुख प्रदान करता है। वहाँ कोई कुछ भी भूलता नहीं है। टीस से दुख देने वाली यादें मात्र हैं वहाँ।

एक बार सोलह वर्षीय एक लड़की से मिला। उसके छोटे चेहरे पर मुँहासा खिला-सा दिखाई देता था। वह शरणार्थियों की कॉलोनी में रहती थी। एक दोपहर को धोती की तह भर जामुन के फल लेकर मुझसे मिलने आयी। पाण्डवपुरम का सूरज जल रहा था। धूप में जले चेहरे पर पसीने की बूँदें थीं। पसीने भरा बदबूदार लम्बा फ्रॉक। दोनों तरफ की ओर बनाए लाल और जटादार बाल। उसको नहाए महीने हुए होंगे। 'बाबूजी, मुझे कोई नौकरी दीजिए।' उसने याचना कीः देखिए, यहाँ माँ ने कल जलाया था। उसने फ्रॉक का अग्र भाग ऊपर उठाकर जाँघ पर पड़ा काला दाग दिखाया। 'आज सिर्फ पानी ही पिया है अभी तक। कल रोटी का एक टुकड़ा मिला था...'

कमरे में गर्मी बढ़ रही थी। सीमेंट की दीवारें गर्मी उगल रही थीं। मिट्टी के बर्तन में 'रामच्चम'[१] डाला गया पानी था। उसने उससे दो-तीन गिलास पानी लालच से पी लिया। 'तुझे कौन सा काम मालूम है?' 'जो भी हो बाबूजी। जो भी हो?' उसने चेहरा नीचा कर सिर हिलाया। एक साबुन देते हुए मैंने कहाः 'नहाकर आ।' नहाकर आई और उसने मेरी लुंगी पहनी... रोज़ कपड़े की तह में जामुन के फल लेकर वह मेरे कमरे में आती। कमरा झाड़ू लगाकर साफ कर दिया। बरतन धोकर साफ किये। सुबह ही सुबह कोयला जलाकर

१. रामच्चम - एक प्रकार का आयुर्वेदिक घास है जो गर्मियों के दिनों में पानी को ठंडा बनाने के लिए पानी में डाला जाता है। वह स्वास्थ्यवर्द्धक भी है।

चूल्हे में चाय बनाकर दी। दो जून का खाना जब उसे मिलने लगा तब उसके गाल तनने लगे। फ्रॉक के नीचे का पीला पेट मोटा होने लगा। उसके बालों से सरसों के तेल की गन्ध आने लगी। साँस से लहसुन की गन्ध भी।

उसका रोदन चोट लगी चिड़ियों के समान था। उसका रोदन अब भी सिर के ऊपर हावी रहा था।

उसका ही नहीं, पाण्डवपुरम की अनेक लड़कियों का शाप।

पहाड़ के ऊपर ध्यान में मगन दुर्गा का शाप।

ये सब मिलकर मुझे अब दबा रहे थे, देवी के द्वारा... उसने दोनों हाथों से रेत में एक छोटा-सा गड्ढा बनाया। घुटनों पर खड़े होकर, हाथ दबाकर शुतुरमुर्ग के सामान उस गड्ढे में सिर गड़ाया। भीतर के रेत की नमी का स्पर्श। ऊपर से ठंडी हवा बह रही थी।

देर तक वैसे ही खड़ा रहा। उसके चारों ओर दिन काला होने लगा। नदी काली होने लगी। किसी अज्ञात दुःख के तुक के साथ रात धीमी गति में आ गई।

गिरजाघर के प्रार्थना कक्ष में टिमटिमाते दीपक की रोशनी सात रंगों में खिल गयी। उभरे हुए फर्श पर एक काले पीठ में हाथ पसारे काले कपड़ेदार पुरोहित का चेहरा शान्त था। उसके ऊपर एक बंडल रस्सी लटकी हुई थी। पीछे दीवार पर लटकाए काले वस्त्र पहने, बड़ी मूँछ वाले प्रवाचक के तैल-चित्र में रोशनी और साया बदल बदलकर पड़ती रही। पीछे के कमरे से गायक-संघ दबे स्वर में काले प्रवाचक का शान्तिगीत गाता रहा। उनके धीमे स्वरलय के ऊपर, उसमें लीन हुए बिना पुरोहित की आवाज़ छिटक पड़ रही थी। वह पृथ्वी पर शान्ति बोने वालों का स्तुतिगीत गा रहा था। भूमि पर जो शान्ति चाहते हैं वे मेरे इन काले हाथों की ओर, मेरे शाश्वत अन्धकार में आए। वह बार-बार कहता रहा। बाहर, बरामदे में कहीं अशान्त भैंसा ऊँची आवाज़ में रंभाता रहा।

काले फर्श पर घुटनों पर रेंगते हुए वह पुरोहित के सामने पहुँचा। चेहरा उठाकर उसकी आँखों की ओर उम्मीद के साथ देखा, जिनमें सब दबाया गया था। कोई मज़बूत हाथ अपने माथे पर पड़ा-सा उसे लगा। उसका ठंडा स्पर्श बर्फ के टुकड़े बनकर उसकी शिराओं में बहता रहा। एक बार काँपा, फिर उसका शरीर ठंडा होने लगा। सिर में उँगलियों के अग्र भाग की ओर ठंड फैलाने लगा। अनोखी थी वह ठंड। उसमें उसकी शिराएँ ढीली पड़कर सिकुड़ गईं। उसने जान लिया कि भीतर कहीं खून जम रहा है।

पीछे के कमरे में गायक संघ तब भी प्रवाचक का शान्ति गीत गा रहा था।

पृथ्वी पर जो शान्ति चाहते हैं वे मेरे इन काले हाथों की ओर मेरे इस शाश्वत अन्धकार की ओर आइए। पुरोहित बार बार कहता रहा।

बाहर, भैंसा अशान्त होकर रंभाता रहा। उसने विनती की :

हे शान्ति के वाचक। यह ज्ञान, सपना देखने की शक्ति मुझसे ले लो।

फिर वह एकाएक ज़ाग उठा।

अँधेरा हो गया था। बारिश हो चुकी थी। बालों पर पड़े रेतकणों को गिराते हुए जल्दबाजी में जब वह चल रहा था तब उसने बुदबुदाया :

मेरा पाण्डवपुरम, मेरा प्रिय पाण्डवपुरम।

पाण्डवपुरम तसल्ली है, तसल्ली मात्र है। अशान्त मनों में पाण्डवपुरम जन्म लेता है।

दस

पता नहीं, अब उससे कोई नफरत भी करता लगता है या नहीं, देवी ने सोचा।

उसको लगा कि बेवक्त मिले आघात से वह गिर पड़ा हो। पैर तले पर दबे होने के दर्द की तड़प, चेहरे पर थोड़ी-सी दया याचना का भाव। कुछ ही क्षणों में जन्म भर का दर्द भीतर गुज़र गया होगा। उस चेहरे के पराजय और समर्पण के भाव देखकर उठाया हुआ पैर खुद थम गया।

यह नियति है।

जब उसमें प्राणों का संचार हुआ उसी समय यह भाग्य में लिख गया होगा।

कहीं भी टिके बिना आसक्ति के जालों को साथ लेकर जीवन का भटकाव। पहली बरसात में उड़ते, प्रकाश के चारों ओर घूमने वाले पतिंगों जैसी ज़िन्दगी। एक क्षण में जन्म लेकर, ज़ारों करके उसी क्षण में अन्त होना।

वह जारों का शाप होगा।

स्नेह की उनके लिए ज़रूरत नहीं, एक आडंबर मात्र है। मन लगाकर, चारों ओर की दुनिया को भूलकर, पागल बनकर, पिशाच समान खरोंच कर प्यार करना उनको आता नहीं है। स्नेह हमेशा वैसा ही है। वापस मिलने की उम्मीद के बिना, एक ही रास्ते में, मात्र सपनों तक सीमित...

स्नेह का वापस मिलना, वह मात्र साधारण लेन देन बनता है। इनकार से ताने-बाने बनते हैं। दृढ़ बनते हैं। उम्मीद बढ़ती है।

अब मुझे उससे हमदर्दी होने लगी।

बहुत पहले सुनी कहानी है। लोक गीत बनकर मन को लुभाने वाली तान बनकर, पाण्डवपुरम की हल्की हवा में बहती चली एक पुरानी कहानी।

सत्य होगी, झूठ होगी।

पाण्डवपुरम से सम्बन्धित बहुत-सी कहानियों के समान यहाँ भी सत्य और झूठ के बीच की सीमा हल्की हो जाती है।

बहुत पहले पाण्डवपुरम में गोरे सिपाहियों के आने के पहले, फैक्ट्रियाँ उग आने से पहले सड़क के किनारे एक लुहार की भट्ठी थी। लुहार परदेश से आया हुआ था। इसलिए

उसका रंग गेहूआँ था और आँखें गोरी थीं। बालों का रंग थोड़ा लाल था। वह गाँव का पहला लुहार था। इसलिए चमड़े की थैली जैसी धौंकनी से हवा फूँककर अंगारे बनाकर रखने का दृश्य गाँव के बच्चों के लिए नया था। लोहे के टुकड़े का अंगारों के बीच में पड़कर लाल बनना और जब लुहार उन्हें हथौड़े से मारकर पतला बनाते तो उसके हाथों की मछलियों का गोल बनना आदि बच्चे आँखें फाड़ते देखते। लोहे को भी काबू में करने की ताकत वह रखता था। इसलिए वह जल्द ही गाँव का लौहपुरुष बन गया ।

लुहार भीतर और बाहर से खुरदरा था। गाँव वालों से हमेशा एक दूरी बरतता था। शक्तिहीन, लक्ष्यहीन जन। परदेशियों के लक्ष्य के सामने वह कितनी जल्दी घबरा जाता है। साथ ही मज़बूत देशियों को ढूँढ़ निकालकर उन्हें दबाना उसका निर्मम मजाक था। गाँव के प्रधान के पहलवान बड़े बेटे से उसने अपने औज़ारों की पेटी उठवायी। यह गाँव भर में चर्चा का विषय बना। लेकिन कोई भी लुहार के खिलाफ कुछ बोल न सका।

लुहार की पत्नी भी परदेशी थी। वह देखने में बहुत सुन्दर थी। गेहूँ का रंग, चपटी नाक, गहरी लम्बी नीली आँखें, लम्बे बाल, मटक-मटककर चलना। लुहार सिर्फ उसके सामने टिकता था। पूँछ हिलाता था। अपनी पत्नी के ऊपर देशी युवाओं की लालची दृष्टि पड़ते देख वह गर्व का अनुभव करता था। जहाँ-जहाँ लोग इकट्ठे होते थे वहाँ अपनी पत्नी को प्रदर्शित करने में लुहार उत्साह दिखाता था। उत्सव-मैदान में, बाज़ार में, जहाँ-जहाँ लोगों की भीड़ होती थी, वहाँ-वहाँ लुहार पत्नी को लेकर जाता था। युवाओं ने उस ओर नज़रभर देखा। यह लुहार ने कनखियों से देखा। उसकी अनुपस्थिति में उसके घर के चारों ओर युवा लोग सीटी बजाते घूमते थे। लेकिन वे सब लुहार के लौह हाथों से डरते थे। पायल बजाते हुए जब वह गाँव के कुएँ से पानी भरने जाती थी तब लुहार से छिपकर वे उसके पीछे जाते थे। लेकिन उसके आगे आने और उससे एक शब्द बोलने से वे डरते थे। लुहार के लौह हथौड़े की आवाज़ उनके कानों में हमेशा गूँजती थी।

लोहे से छुरी बनाना ही नहीं बल्कि छुरी फेंकने में भी वह माहिर था। उसका निशाना अचूक था। उसकी तेज धार वाली शिकारी छुरी से जंगली जानवर कभी बचते नहीं थे। एक दिन धनुष-बाण धरे शिकारियों को ले जाने के लिए लुहार ने एक करामात दिखाई। कोटर पड़े कटहल के पेड़ की लकड़ी में उसने एक मनुष्य का रूप बनाया। कालिख से दो हिस्सों पर एक-एक छोटा वृत्त खींच लिया और कहा: 'यह छाती, यह नाभी'।

दोनों हाथों में छुरी पकड़कर सौ कदम की दूरी तक पीछे हटकर आँखें बन्द कर क्षण भर के लिए खड़ा हो गया। लोग साँसें बन्द कर खड़े थे, तब तक छुरियाँ तेज रफ्तार से कटहल के पेड़ में धँस गईं। एक छाती पर, एक नाभी पर। इसके बाद गाँव के किसी भी युवक ने लुहार की पत्नी की ओर देखने का साहस नहीं किया। उसकी आँखों में दो छुरियाँ थीं।

लेकिन लुहार बदनसीब था।

बहुत समय बीत गया, लेकिन लुहार की पत्नी माँ नहीं बनी। सभी मंदिरों में गए। सभी प्रकार के व्रत लिये। लुहार को धीरे-धीरे अपनी ताकत से भी घृणा होने लगी। उस दिन पहली बार उसका लक्ष्य चूक गया। उसका परिहास करते हुए एक झुंड खरगोश जंगल की ओर भाग गया। बेकार के पेड़ों पर लगे शिकार के चाकू खींचते हुए गुस्से से बाँसों को और जंगली लताओं को काट डालते हुए वह दिन भर घूमता रहा। उसको लगा कि उसके चाकू की मार से जानवर भी नहीं डरते हैं। हार के डर से उसके मन को चोट लगी। लोहे का काम करने वाले हाथ जल्दी ढीले हो गए। उसकी खुरदुरी त्वचा मुलायम हो गयी। उसके भीतर कोई अज्ञात भय पैदा होने लगा। क्या आगे मैं हारता ही रह जाऊँगा। यह लौह हाथ और दृढ़ शरीर किसके लिए है? अपने मज्जे से जब धीरे-धीरे शक्ति जाने लगती है, अपनी शिरायें जब शिथिल होने लगती हैं, हथौड़े उठाने में असमर्थ अपने पुश्तैनी धन्धे को आगे ले जाने वाला एक लड़का भी नहीं है तो...

लुहार की पत्नी भी दुःखी है। पायल बजाते हुए तांबे का घट थामे, शरम से हिलते-डुलते कुएँ की ओर जाने और सजधजकर उत्सव और बाज़ार जाने में वह हिचकने लगी है। ये सब किसके लिए? उसने खुद से पूछा। रात में सटकर लेटते समय उसको लगने लगा कि लुहार की पकड़ में पहले के समान दृढ़ता और गर्मी नहीं है। क्या उसकी उम्र बढ़ रही है? क्या उसका पौरुष शिथिल होता जा रहा है? शरतकाल की काँपती रातों में, शराब के नशे में सिकुड़कर सोते पति के पास वह जागते हुए आँखें फाड़कर लेटी रहती। उसको लगा कि लुहार को उसके प्रति जो आकर्षण था वह नष्ट हो गया। एक बीज भी फूटे बिना ऊसर पड़ी मिट्टी को उसने कोस लिया। समय बीतता गया, अब लुहार झोंपड़ी में आता भी नहीं था। उसके नए रिश्ते के बारे में पड़ोस के लोग लुकते छिपते कई कहानियाँ कहने लगे।

एक आधी रात में लुहार पीकर बेहोश होकर कुटिया में आया तो उसने दर्द के साथ पुछाः

'क्या तुम मुझसे ऊब गये हो? हमारे यहाँ की भिखारिन भी उस स्त्री से सुन्दर हैं। तुम्हें आकृष्ट करने का उस स्त्री में क्या रखा है?'

वह लगातार प्रश्न पूछती रही। उसकी आवाज़ क्रोध से, दर्द से काँपती थी।

जवाब लगातार खर्राटे मात्र थे।

'लेकिन एक बात सुनो।' कम्बल के नीचे सिकुड़े पड़े शरीर को पैर से मारते हुए वह चीख उठी। 'उसे इस कुटिया में ले आना कतई नहीं चलेगा। तुम उसे रखैल के रूप में रखो। लेकिन इस कुटिया में पैर नहीं रखने दूँगी, मैं काट डालूँगी।'

दूसरे दिन भी बहुत देर से लुहार घर आया। आते ही चटाई पर गिर पड़ा। खर्राटे

मारकर सोने लगा।

फिर कई रातों उसने यह दोहराया। तब उसको मालूम हुआ कि पति को वश में लाने की उसकी शक्ति नष्ट हो गई।

उसने मुखिया से शिकायत की।

'वह तुम्हारा अपना मामला है'। मुखिया ने डर से चारों ओर देखकर कहा। दूर लुहार के घर से हथौड़े मारने की भारी आवाज़ वह सुन सकता था। परदेशियों के मामले में हाथ डालने के लिए मैं तैयार नहीं हूँ।'

अन्त में लुहार को वश में करने का एक उपाय उसने ढूँढ़ निकाला।

एक दिन लुहार ने देखा कि किसी पुरुष की पद छाप आँगन में पड़ी हुई है। यह दृढ़ पद छाप देखते ही उसको लगा कि यह किसी मोटे की होगी। उस सोच ने उसको किंकर्त्तव्य विमूढ़ बना दिया तो बाद में वह निगल लिया। फिर भी उन पादों की शक्ल उसके मन में मिटे बिना पड़ी रही। दूसरे दिन दूसरी पद छाप देखी। वह एक लँगड़ा होगा। बायें पैर की मुद्रा अच्छी तरह नहीं पड़ी थी।

तीसरे दिन जो आया वह अन्धा होगा। दोनों पाद मुद्राओं के साथ लकड़ी के सहारे से चलने का निशाने भी पड़ा हुआ था।

उसने सोचा कि क्रुद्ध होकर लुहार यह पूछेगा कि वे सब कौन थे, बाल पकड़कर खींचेगा और मारेगा। लेकिन उसने कुछ पूछा तक नहीं। वह कई रातों से कुटिया में आया नहीं। जब आता था तब आधी रात के बाद मदिरा के नशे में सुधबुध खोकर पैर फर्श पर टिके बिना आ जाता था। आते ही चटाई पर लेटकर खर्राटे मारकर सो जाता था।

हार की पीड़ा से आतंकित होकर लुहारिन नए-नए उपायों के बारे में सोचने लगी।

इसी बीच एक दिन दोपहर को लुहार के सामने उसने घोषित किया, वह गर्भवती है।

'झूठ है,' उसके उदर के निचले भाग पर हाथ मारते हुए लुहार ने कहा।

'सच है।' ईश्वर को लेकर उसने कसम खाई।

'तो बच्चे का पिता कौन है?'

'तुम ही हो। नहीं तो और कौन है?'

'वह छोड़', लुहार को यकीन नहीं आया। उसके मन में वे अज्ञात पद छापें प्रकट होने लगीं। उनमें से बच्चे का पिता कौन होगा? क्या मोटा है? या लँगड़ा? या अन्धा?

'मुझ पर भरोसा रखो।' लुहारिन ने छाती पर हाथ रखकर कहाः 'तुम्हारे सिवा और कोई मेरे मन में आया तक नहीं।'

ऐसा है तो वे पद छाप? यह पूछने के लिए लुहार तैयार हुआ, लेकिन जल्दी उसे निगल लिया। उसे लगा कि वह अपरिष्कृत ईर्ष्या है। इसमें मेरी कोई भूमिका नहीं। फिर भी अपनी पत्नी के पेट में दूसरे का बीज उसके मन में ज्वार-भाटा उठाता रहा। अपनी व्यथा

सुनाने के लिए उस गाँव मे उसका कोई मित्र भी नहीं था। चाहिए तो उसके बाल पकड़कर सड़क की ओर खींचकर, दूसरों के सामने लात मार सकता है। वह पुरुष है? गाँव के लोग यह देखकर लकड़बग्घे के समान हँसेंगे। परदेशी को एक बच्चा देने की ताकत तक नहीं। वे परस्पर कहकर हँसेंगे कि इसलिए उसकी पत्नी देशी जार की खोज में गयी। वह नहीं चाहिए। अपने देश का मान नष्ट करने को तैयार नहीं हूँ।

लेकिन बदले में कुछ नहीं किया गया तो, लोग सोचेंगे कि जार का सामना करने में भी मैं एक बेकार आदमी हूँ। अपना लौह रूप खो जायेगा। शिकारी चाकू को तेजधार बनाकर उसका ध्यान अज्ञात जार की ओर गया। कौन होगा वह?

पत्नी के पेट का निचला भाग देखते ही वह बेचैन हो जाता। उसको लगा कि हथौड़ा उठाने की अपनी ताकत भी नष्ट हो गई है। छुरी फेंकते वक्त निशाना एकदम चूक जाता है।

आखिर कोई उपाय पाने के लिए वह मुखिया के पास पहुँचा।

मुखिया उस मामले में हाथ डालने से डरता था। डर से चारों ओर देखकर वह गुर्राया:

'ये सब परदेशियों की बात है। उसमें हम दखल नहीं देंगे।'

लेकिन वह लुहार की जलती आँखों का सामना नहीं कर पाया। उसने वचन दिया कि देशी जार को पकड़कर देने से देशी रीति के अनुसार दंड देगा।

'उसको दंड देने में मुझे और लोगों की मदद नहीं चाहिए, लुहार ने गर्जन किया: 'उसके लिए उसे जो दंड देना है वह मुझे मालूम है। लेकिन उसे पहचानने का मार्ग क्या है?'

मुखिया को हँसी आई: 'वह तुम्हारी पत्नी को ही बताना है, हम कैसे जानेंगे।'

उसने कसम खाई थी कि पत्नी से उसके बारे में पूछेगा नहीं। उस प्रकार उसकी तलाश आगे बढ़ी। बाज़ार में, उत्सव-मैदान में वह घूमता रहा। वहाँ कहीं जार के चेहरे वाला और जार की आँखों वाला कोई युवा है?

कई दिनों की तलाश के बाद अन्त में एक मिला। एक छरहरा युवक। धुँधला रंग। खुले होंठ। छोटी मूँछें। जलती आँखें, जार के लक्षण।

'मैं नहीं हूँ।' उसने शुरू में ही कहा, 'लेकिन, एक ज़माने में मैंने उसे चाहा था।'

लुहार ने उसके चेहरे पर थू थू किया। उसे खींचकर मुखिया के पास ले आया।

'यह है वह आदमी।' लुहार ने मुखिया से कहा। उस युवक और लुहार के चेहरों की ओर बारी-बारी देखने के बाद मुखिया ने पूछा:

'क्या उसके लिए सबूत है?' उसने 'हाँ किया?'

कौन इसकी सहमति माँगता है?' लुहार ने गर्जन किया: 'यह नहीं है तो इसके समान और एक।'

मुखिया ने कुछ कहा नहीं। यों ही सिर हिलाया।

युवक का सिर मुंडन कर गधे के ऊपर बिठाकर बाजे नगाड़े के साथ गाँव की मुख्य सड़कों से ले चला। फिर उस पुराने कटहल के पेड़ से बाँध दिया। वहाँ लुहार द्वारा बनाया गया मनुष्य रूप मिटा नहीं था। उसकी छाती पर और नाभि पर उसने जो चोट लगाई थी वहाँ से अब भी खून रिस रहा था।

चारों ओर लोग इकट्ठे हुए। वे फुसफुसाते हुए आशंका के साथ खड़े हुए कि लुहार उस युवक को कौन-सा दंड देगा। अपने साथ के एक को एक परदेसी का शिकार बनते देख उसे रोकने की शक्ति एवं एकता उनमें नहीं थीं।

जलाए हुए दो लौह दंडों को साथ लेकर लुहार आगे की ओर आया।

युवक उस वक्त भी बलि पशु के समान आवाज़ करता रहा : 'मैंने नहीं किया, नहीं किया।' लोग अनसुना कर उस ओर घूरते रहे।

लौह दंड युवक की ओर आ रहा था। उसके ताप से उसका चेहरा जला। भौंहें और मूँछ जल गईं। ललकार के साथ कदम बढ़ाकर बिजली के समान लुहार ने उन दंडों को उसकी आँखों में घुसा दिया। एक चीख। एक तड़प। फिर मांस के जलने की गंध...

लुहार की पत्नी ने कभी भी बच्चा पैदा नहीं किया। कारण वह गर्भवती हो नहीं थी। जार की गन्दगी ढोने के लिए अभिशप्त बेकसूर युवक शहीद बन गया। गाँव के युवक लम्बे समय तक उसकी दुःखद कहानी गाते रहे। उसके खून से भारी संख्या में जारों का जन्म हुआ। उन्होंने हठी होकर परदेशी स्त्रियों को जाल बिछाकर फँसाया था। परदेशियों के परिवारों को बिगाड़ा। इस प्रकार पाण्डवपुरम परदेशियों का दुःस्वप्न बन गया।

युगों पहले शहीद बना वह युवक था पाण्डवपुरम का पहला जार।

ग्यारह

उण्णिमेनोन मास्टर का चेहरा गुस्से से लाल हो गया था। पान का डब्बा पास रखकर पत्ते पर चूना लगाते हुए उन्होंने कहा:

'एक अहम बात बोलने के लिए आपको बुलवाया है।'

'बताइये, भूमिका बाँधने की ज़रूरत नहीं है।'

'आते समय तुमने कहा था कि अगले दिन जाओगे। दूसरे दिन कहा, सो गया, इसलिए गाड़ी पकड़ नहीं पाया। तब भी मैंने यकीन किया। उसके बाद कई दिन बीत गए। क्या मैं ऐसा यकीन करूँ कि तुम इतने दिन ठीक समय पर न उठ पाने के कारण लौट नहीं पाये।'

'मैंने ऐसा नहीं कहा था, मेरे यहाँ ठहरने के लिए और भी कई कारण हो सकते हैं।,'

'क्या मैं जान सकता हूँ कि वे कारण कौन-कौन से हैं?'

'वे सब आपको सुनाने की ज़रूरत क्या है?'

ज़रूरत तो नहीं, थोड़ी अक्ल है तो अनुमान लगा सकते हैं। अब तो समझ में आ रहा है कि कुंजिक्कुट्टन ने जो कोलाहल मचाया वह बेकार नहीं था। उसको लगा कि उण्णिमेनोन व्यंग्य कर रहे हैं। उसका सही जवाब देने को मन किया, लेकिन खुद को काबू में रखा। इस आदमी से मैं क्यों लडूँ। उसको स्पष्टीकरण देने की मुझे ज़रूरत क्या है? उस परिवार के संरक्षक का स्थान लेने का अधिकार उण्णिमेनोन मास्टर को किसने दिया?

उण्णिमेनोन मास्टर आगे कहने लगे :

'मुझे जो बोलना था वह बोल चुका। शुरु में मैंने अच्छी भाषा में कहा, तब आपकी समझ में नहीं आया। फिर आने वाले परिणामों के बारे में कहा फिर भी समझ में नहीं आया तो आगे क्या करना है, वह गाँव वाले तय करेंगे। क्या यह कोई अजीब दुनिया है? तुम तो शिक्षित और विवेकी हो न? मैंने समझा कि मामले की गम्भीरता तुम आसानी से समझोगे।'

'आप जो कहते हैं उसकी गम्भीरता मैं अच्छी तरह समझता हूँ। लेकिन...'

'लेकिन की बात उठती नहीं है।' उण्णिमेनोन ने हठी होकर बीच में कहा। 'शहर है तो कोई बात नहीं है, कहीं से आया एक आदमी घर में कई दिनों से रहा है। शहर में कोई उस ओर ध्यान नहीं देता। पडोस में रहने वाले भी परस्पर जानते नहीं। वह शहर की बात।

है लेकिन इस गाँव की स्थिति वह नहीं है न? कहीं एक मक्खी उड़ती है तो गाँव भर के लोग जान जाते हैं। परिवार कमज़ोर हुआ है, यह ठीक है। लेकिन कलरिप्पाडम परिवार में आजतक कोई ऐसी बदनामी नहीं हुई थी...

'आप जैसा सोचते हैं, वैसा कुछ नहीं हुआ।'

'नहीं होना है, कुछ नहीं हुआ है! यह सब जानते हैं। लेकिन चार लोग जहाँ इकट्ठे होते हैं वहाँ उनकी बातें सुनकर शरम आती है। आप अपना कार्य करके चले जाएँगे। लेकिन हम लोगों को यहाँ सिर उठाकर चलना है? कलरिप्पाडम से मेरा रिश्ता हुआ तो मेरा भी अपना दायित्व है न? लोग मुझे कहेंगे। कल वह रामकृष्णन नायर यहाँ आया था। वह एक पुराना सैनिक है। एक सवाल उसने उठाया। उसको यहाँ से मारकर भगाने के लिए आप से सम्भव नहीं है तो बताना, मैं अकेला काफी हूँ। इससे बड़ी बदमाशी इस जन्म में और कुछ होने को नहीं है।'

'आपने इसके सम्बन्ध में कुंञिक्कुट्टन की पत्नी से पूछा?'

'मैं क्यों पूछूँ?' थू-थू करते हुए उन्होंने थूका। आँगन की ओर थूका। 'वह उर्वशी है न? मैंने कसम खाई है कि उसकी दहलीज़ पर पैर नहीं रखूँगा। क्या तुम जानते हो, जब कुंञिक्कुट्टन छोड़कर गया तब उसकी बदहाली देख मैंने ही उस मैनेजर पणिक्कर के पैर पकड़कर उसको नौकरी दिलवायी थी। पाँच हज़ार रुपए देने पर भी वह नौकरी नहीं मिलती थी। लेकिन मेरे कहने मात्र से मिली। कलरिप्पाडम की एक लड़की बदनाम हुई तो उसकी शरम मुझे है न? इसलिए बेइज्जत काम मैंने किया। उसकी कृतज्ञता दिखानी है न, कम से कम याद रखनी है न...? वह चुप रहा। उण्णिमेनोन मास्टर का गुस्सा इतना कहने पर भी कम नहीं हो रहा था।

'स्कूल में किसी को भी वह मानती नहीं है। प्रायः हर शाम समय से पहले स्कूल से निकलेगी। किसी को भी नहीं मालूम है कि कहाँ जाती है? एक दिन प्रधानाध्यापक कुरुपजी ने मुझे बुलाकर कहा कि उसको ज़रा समझा देना। समझाने के लिए क्या वह छोटी लड़की है? इतनी बड़ी स्त्री को ऊँच-नीच के बारे में मालूम नहीं है तो मुझे वह क्या मानेगी? समझती तो है नहीं जब भोगेगी तब मालूम हो जाएगा। तुम्हारे चले जाने के बाद एक बच्चा और हुआ तो चरित्रदोष के नाम पर उसे स्कूल से...'

'आप गंद बकिए मत।' वह क्रोध से काँपने लगा।

'गंद गलती कहने में है! करने में कोई गलती नहीं है?'

'मैं ने कोई बदमाशी नहीं की?'

'चुप रहो जी।' उन्होंने निंदा भाव से थूका: 'मैंने बहुत देखा है। दो युवतियाँ अकेली एक घर में रहती हैं, क्या वहीं एक परदेशी युवक को नहा धोकर रहने की जगह मिली? कुंजिक्कुट्टन का परिचित है, क्या यही है आप और कुंजिक्कुट्टन के बीच का परिचय?'

'मास्टर मैं उम्र का लिहाज़ करने वाला नहीं हूँ, सुना? बदमाशी कहें तो... और दुबारा बोलने के लिए आपकी जीभ नहीं बचेगी।'

'यही तो अज़ीब बात है। सब बदमाशियाँ खुद करने के बाद अब मुझे बदमाश कहते हो। कलरिप्पाडम के लोग अपनी इज्जत को बरबाद नहीं करते। अब एक परदेशी मेरे घर आकर मेरे ऊपर चढ़ रहा है। यह कैसी सीनाज़ोरी है? क्या अज़ीब देश है?'

वह गुस्सा दबाने का बहुत प्रयत्न कर रहा था। यथासाध्य धीमी आवाज़ में उसने कहाः

'आपको न मालूम है तो मैं कह दूँ। मैं अजनबी नहीं हूँ। मुझे निमंत्रण देकर बुलाया है। वह मुझे आवाहन कर खींच लायी है।'

यह उनको सुनकर हँसी आयी।

'तुम्हारा आवाहन किया? आवाहन करके लाने के लिए यहाँ कौन है? कोई जादूगर है?'

'कोई भी हो। उसके लिए एक व्यक्ति है, ऐसा आप समझिए।'

'देवी होगी?'

उसने जवाब नहीं दिया।

'क्या उसको जादू-टोना आता है? बस इसकी कमी थी। अब पूरी हो गयी।' इसे मज़ाक मानकर वे ठ्ठाकर हँसे। थोड़ी देर बाद, हँसी रोककर गम्भीर भाव से उसने कहना शुरु किया :

'आवाहन करके ले आये हो, खुद आया हो, कुछ भी हो, मेरा इससे कोई सम्बन्ध नहीं है। लेकिन कलरिप्पाडम का नाम लेकर बाजारू बच्चों को परिहास करने का अवसर मैं नहीं दूँगा। परिवारिक सम्मान पैसा देने पर नहीं मिलेगा।'

उसको लगा कि ज़्यादा स्पष्टीकरण देने से कोई फायदा नहीं। वह एक बड़े झगड़े में ही परिणत हो जाएगा। लेकिन कुछ न कुछ कहना जरूरी तो लगा। 'मेरा असली चेहरा यहाँ किसी ने देखा नहीं होगा। पाण्डवपुरम को छोड़ने के बाद मैं बहुत बदल गया। लेकिन, अब भी पल भर में मैं पुराना आदमी बन सकूँगा। इस आदमी की सूरत क्षण भर में बिगाड़ सकता हूँ।'

नहीं, उसका बोझ देवी और उसके परिवार को ढ़ोना पड़ेगा।

जब उसने उठकर जेब से सिगरेट का पैकेट निकाल लिया तो उसने उण्णिमेनोन को पुनः कहते हुए सुनाः

'मैं आखिरी बार कह रहा हूँ। कल सुबह की गाड़ी से चले जाना अच्छा होगा।'

वह चलने लगा। लेकिन उस धमकी का स्वर उसको अच्छा नहीं लगा। वह मुड़कर खडा हो गया :

'नहीं तो?'

'देखो, क्या होने वाला है। ये सब उचित रूप से करने के लिए इस गाँव में लड़के हैं।

'तो, मुझे वह देखना ही चाहिए।' उसके सिर पर खून चढ़ आया। लड़कों को देखकर

ही मैं भी बड़ा हुआ हूँ। मेरे भी गाँव वाले एवं लड़के हैं सब...।'

उण्णिमेनोन मास्टर ने ऐसे बर्ताव की उम्मीद कभी नहीं की थी। उसका फन जल्दी नीचा हो गया। उसके चेहरे की ओर देखे बिना उण्णिमेनोन मास्टर ने किसी से कहा :

'झगड़ा हुआ तो उसका दुष्परिणाम तुम्हें नहीं, कलरिप्पाडम परिवार को भुगतना पड़ेगा। वहाँ एक लड़की शादी की उम्र की है। कोई इज्जतदार आदमी उसे ब्याह ले जाने आएगा?'

'ठीक है, तमीज के साथ बोलने पर मेरी समझ में आएगा। धमकी देकर मुझे भगाना आपका लक्ष्य है तो वह चलेगा नहीं। आपको ग़लतफ़हमी हुई...'

उण्णिमेनोन मास्टर ने सहमते हुए उसके दृढ़ शरीर, पुट्ठेदार हाथों की ओर मुड़-मुड़कर देखा।

'अपने गाँव वाले उस सैनिक से कहिए कि उसकी यहाँ नहीं चलेगी। इससे बड़े गुण्डों को मैंने देखा है।'

'हे मिस्टर वैसा नहीं।' उण्णिमेनोन मास्टर थोड़ा नरम हो गये? 'और कुछ नहीं चाहिए, कम से कम श्यामला के बारे में सोचकर ही यहाँ से जल्दी जाना अच्छा होगा। देवी का नसीब तो ऐसा हो गया। कम से कम श्यामला तो बच जाए। उससे शादी करने वाला भी कुंञिक्कुट्टन के समान तुम्हारा नाम लेकर संशय एवं झगड़ा करने लगा तो? गाँव है न, आग लगाने के लिए बहुत से लोग होंगे...'

उसने जवाब नहीं दिया। थोड़ी देर बाद कुछ न कुछ याद कर वह फुसफुसायाः

'आपने कहा था कि कुंञिक्कुट्टन ने देवी को छोड़ दिया है। वैसा है तो मैं उससे शादी कर लूँगा तब ये लड़के एवं गाँव वाले क्या कहेंगे। कोई एतराज होगा?'

उण्णिमेनोन मास्टर का चौंकना और जल्दी चेहरे का मुरझाना, उसने निर्मम आनन्द के साथ देखा। उसने समझा कि उण्णिमेनोन मास्टर के चेहरे पर प्रकट भाव विकृत ईर्ष्या ही है। 'नहीं मिस्टर' उन्होंने उपदेश दियाः 'तुम युवा हो, अच्छी नौकरी है। फिर एक सेकेण्ड हैण्ड चीज़ खरीदने के लिए इतना कष्ट क्यों उठाते हो?'

उसको हँसी आयी।

'नहीं' मैंने यों ही कहा। गाँव वालों को इसमें उतना आशंकित होने की ज़रूरत नहीं है। वह धीरे-धीरे बाहर निकला। जब दहलीज का दरवाज़ा खोला, तो मुड़कर देखा। उण्णिमेनोन मास्टर तब भी घबराए खड़े हुए थे।

वह दृश्य देखते ही एक पाश्विक वृत्ति उसके भीतर जाग गई।

बारह

वह पाण्डवपुरम की देवी की कहानी कह रहा था। श्यामला और रघु नीचे बैठकर कहानी सुनने को तैयार हो गए।

बहुत पहले, पाण्डवपुरम में, एक घर में पाँच भाई रहते थे। वे पाँचों भाई वीर थे, अलग-अलग स्वभाव के थे। लेकिन परस्पर बहुत स्नेह के साथ मिलजुल कर रहते थे। फिर भी, रक्त-मांस वाले युवक हैं न, इसलिए कभी-कभी छोटे-मोटे कार्यों के लिए उनके बीच में झगड़ा भी होता था। तब उन सबको उनकी माँ तथा सात्विक स्वभाव के बड़े भाई मिलकर निपटाते थे। दूसरा भाई बहुत ताकतवर और जल्दी क्रुद्ध होने वाला था। जब कभी उसको अपनी शक्ति दिखाने का अवसर मिलता, उसका इस्तेमाल करता था। जब वे लड़ते थे तब अपने बीच माँ का दखल बिलकुल पसन्द नहीं करते थे। 'हम भाइयों के बीच झगड़ा है न ? वह भी खेल-मजाक में। माँ क्यों इसमें सिर डालती है?' उसने गुस्से में पूछा। 'हम अपने शारीरिक बल को पड़ोसियों पर इस्तेमाल करने से बेहतर परस्पर मारते पीटते शान्त करते हैं यही अच्छा है न? हमें अपनी शक्ति दिखाने का अवसर चाहिए न? एक मंच मिलता नहीं तो हमारी अर्जित विद्याओं का कोई फायदा नहीं है।' वे इसी प्रकार के कई सवाल पूछते थे।

माँ और बड़े भाई यह सुनकर हँसते थे। 'तुम्हें अपनी ताकत दिखाने का मंच ज़रूर मिलेगा, बिना विलंब के। माँ ने भविष्य की ओर देखते हुए कहा: 'जल्दी मत करो। तब तक संयम के साथ रहो। भाईयों के बीच ही सही खेल मज़ाक ही बढ़ते-बढ़ते महायुद्ध में परिणत हो जाता है। इसलिए इन्द्रियों को काबू में रखना सीखो। सबसे पहले, अपनी शक्ति खुद पहचान लो। वह भी संयम के साथ। वीरों के लिए युद्ध करने से ज़्यादा मुश्किल है युद्ध न करना।'

'माँ हमें ठण्डा कर रही है।' दूसरे ने तीसरे से चुपके से शिकायत की।

तीसरे की राय भी वही थी। लेकिन उनमें से किसी ने भी माँ के विरोध में कुछ कहने का साहस नहीं दिखाया। पिता के गुज़र जाने के बाद पाँच सन्तानों की देखभाल कर बड़ा करने में माँ ने कितना कष्ट उठाया होगा। माँ का जो ऋण है वह चुकाने पर भी क्या चुकता है?

इसलिए वे संयम से ज़िन्दगी काट रहे थे। लेकिन, कभी-कभी वे किन्हीं अज्ञात क्षणों

में किसी अमानवीय शक्ति के हाथों में पड़कर बेचैन हो जाते थे। यह शक्ति किसके लिए? यह स्वस्थ शरीर क्यों? उन्होंने आपस में पूछा। और कोई रास्ता न सूझने पर जंगल के पेड़ों को काटकर और जंगली जानवरों को बाणों से मारकर वे अपना गुस्सा शान्त करते। माँ और बड़े भाई से छिपकर जंगलों में आपस में लड़ते। शाम को जब वापस आते तो माँ घबराकर पूछती: 'बेटे! तुम्हारी देहों पर यह खून क्यों? तुम्हें क्या हुआ?'अगर उसके जवाब देने में वे असफल रहते तो भी बाद में झूठ बोलने में वे रस का अनुभव करने लगते। हमारा पौरुष नष्ट करने वाली माँ। हमें ठण्डा करने वाली माँ।

एक दिन तीसरा बेटा दाढ़ी और मूँछ साफ कर दोनों हाथों में चूड़ियाँ और पैरों में पायल पहनकर माँ के सामने आकर खड़ा हो गया।

'बेटा, तुम्हें क्या हुआ?' माँ ने दुःख के साथ पूछा।

'बेटी पुकारो माँ, बेटे ने सुधारा। दूसरे दिन चौथा एक लाल साड़ी और नथनी पहनकर आया।

'बेटा, तू भी...' माँ का कंठ भर आया।

'बेटी कहो माँ' बेटे ने कहा।

ऐसे निर्मम मजाक चलते रहे। सन्तानों का गुस्सा बढ़ता जा रहा था।

समय बीतता गया। उनकी ज़िन्दगी में एक लड़की आ गई। एक बहुत ही सुन्दर लड़की। वह पड़ोसी गाँव के मुखिया की बेटी थी। उससे पहली बार मिला था तीसरा सुन्दर बेटा। दोनों में प्रेम हुआ। एक पंचमी रात को, वह चोरी छिपके उस लड़की को लेकर अपने गाँव आ गया।

रात बहुत हो चुकी थी। माँ जागकर घर में बेटे का इन्तज़ार कर रही थी। बेटे ने आँगन में खड़े होकर ज़ोर से कहा, 'देखो माँ, मैं आपके लिए एक तोहफा लेकर आया हूँ। महँगा तोहफा है।' माँ ने तुरन्त कहा: 'मुझे क्यों? तुम पाँचों मिलकर बांट लो, बेटा।'

बाद में तोहफे को देखते ही माँ अपने कथन पर पछताई। तीसरे बेटे का मन खिन्न हो गया। अपनी प्यारी को चार भाइयों के साथ बाँटना? वह सोच भी नहीं सकता। लेकिन, माँ के कथन को न मानने की हिम्मत उसकी नहीं थी। क्रोध एवं दुःख को दबाकर माँ के सामने और एक बार उसने सिर झुकाया।

इस प्रकार वह उन पाँचों की पत्नी बन गयी।

तब से उस शान्त परिवार का माहौल नष्ट होने लगा।

भाई लोग एक दूजे को परस्पर ईर्ष्या से देखने और संशय करने लगे। उनके बीच में तर्क हुआ कि वह लड़की किससे ज़्यादा प्यार करती है। हर भाई उस लड़की की हर चाल को संशय की दृष्टि से देखता रहा। वह किसी एक से प्यार से बोलती तो बाकी चारों बेचैन हो जाते। इस प्रकार बेवज़ह शक के धागे उलझ गए। उस परिवार की शान्ति नष्ट हो गई।

ये सब देखकर उस माँ का हृदय दुःख से तड़प रहा था। उन्होंने बेटों को समझाने की कोशिश की:

'बच्चो, संयमी पुरुषों के समान व्यवहार करना सीखो। छिछले विकारों से अपनी निष्ठाओं को नष्ट मत करो।' ये शब्द उन युवकों के कानों में नहीं पड़े। दूसरे ने अपने पुट्ठों को तानते हुए तीसरे के कानों में कहा।

'पुरुष की सबसे बड़ी सम्पत्ति उसकी स्त्री है। बलवान पुरुष भी अपनी स्त्री की नज़र के सामने दुर्बल हो जाता है। उसकी ओर किसी दूसरे की दृष्टि पड़े यह वह सह नहीं सकता। एक स्त्री का पाँच पुरुषों की पत्नी बनकर रहना कैसी नीच बात है...'

'वही तो मैं भी कहता हूँ।' तीसरे ने उससे सहमत होकर कहा : 'मैंने सबसे पहले उससे प्यार किया। उसने भी सबसे पहले मुझसे प्यार किया। वह मेरी है। माँ ने बिना समझे कुछ कहा। इसलिए मुझे उसे बाँटना नहीं चाहिए था। सब मेरी मूर्खता है...'

यह सुनकर दूसरे के चेहरे पर ईर्ष्या प्रकट हुई। मुट्ठी बाँधकर दीवार पर ज़ोर से मारते हुए उसने कहा :

'ऐसा मत बोलो, हम पाँचों में सबसे बलवान मैं हूँ। हमारे बीच में युद्ध होता तो मैं जीत जाता। तुम चारों मिलकर मेरे एक हाथ के लिए काफी नहीं हो। इसलिए वह मेरी है।

तीसरे ने परिहास के स्वर में कहा। 'घमंडी मत बनो। भाई के पास मात्र शारीरिक शक्ति है, बुद्धि नहीं। तुम्हें परास्त करने के लिए मुझे, क्षण भर लगेगा।'

यह सुनते हुए बड़े सात्विक भाई ने कहा : 'आपको आपस में लड़ने की ज़रूरत नहीं है। मैं माँ का बड़ा बेटा हूँ। मैं गृहस्वामी हूँ। आप लागों को पिता सदृश्य मेरा सम्मान करना है। तब वह आपकी माँ है...'

भाई जल्दी ही परस्पर दुश्मन बन गए। उनके बीच जन्मान्तरों की दुश्मनी बढ़ी। कहीं से आई हुई एक लड़की के लिए खून बहाने निकली अपनी प्रिय सन्तानों को देखकर माँ का हृदय टूट गया। लेकिन, बातों से समझाने का वक्त बीत चुका। एक विचित्र नशा चढ़ने से बेहोश हुई सन्तानों ने माँ के शब्दों को हवा में उड़ा दिया। वे हठी बनकर, दुश्मनी से हथियार तेज करने लगे।

उसने जल्दी ही रोक दिया।

श्यामला के विस्फारित नयन उसके चेहरे पर ही अटके हुए थे। कहानी का शेष भाग सुनने की जल्दबाजी में वह आगे की ओर सरक आई थी। रघु तो, मुँह फाड़े घूरकर बैठा हुआ था।

उनके बीच थोड़ी देर के लिए सन्नाटा फैल गया। एक सिगार सुलगाते हुए उसने आगे बढ़ाया:

'उस युद्ध की तैयारी में पाँचों भाई एक बात भूल गये थे कि उस लड़की को सबसे

ज़्यादा प्रेम किससे था। उनके लिए वह एक निष्प्राण सुन्दर खिलौना मात्र थी। उसकी भावनाएँ उनके लिए नगण्य थीं।'

आखिर एक दिन, एक अनोखे क्षण में वह फूट पड़ी। अपने पाँचों पतियों को कतार में खड़ा कर उनके चेहरों की ओर देखकर वह चिल्लाई :

'मैं आप लोगों से घृणा करती हूँ। पाँचों से एक जैसी घृणा करती हूँ। कीड़े के समान, जूठन के समान।'

सब सकपकाकर खड़े हुए थे, तब माँ ने ही थकी आवाज़ में पूछा:

'बेटी, तुम्हारा मतलब क्या है? तुमने अच्छी तरह सोचकर ही कहा?'

'हाँ'। उसकी आवाज़ ठोस थी: 'बिना सोचे-समझे मैं कुछ बोलती नहीं हूँ। करती नहीं हूँ। थोड़े दिन के परिचय में एक पुरुष के साथ सोच समझकर ही भाग आई। लेकिन मैं एक बात कहे बिना नहीं रह सकती। माँ ने ही इन्हें बिगाड़ा। माँ ने ही इन्हें नपुंसक बनाया।'

उसने जान लिया कि सभी झगड़ों का 'स्रोत वह है। इस घर के शान्त माहौल को मैंने मिटाया। उसका हृदय दुखने लगा। 'हे ईश्वर, यह कैसा दंड है? जब अपने पसंदीदा पुरुष के साथ माता-पिता को छोड़कर भाग गई तब ऐसी त्रासदी के बारे में मैंने कतई नहीं सोचा था। इस नाजुक स्थिति के लिए मैंने पिछले जन्म में कौन-सा पाप किया होगा?'

आखिर उसने निर्णय लिया। इस परिवार में खून की बूँदें नहीं गिरनी चाहिए। इस माँ की आँखों से आँसू नहीं बहने चाहिए।

उस रात जब सब ऊँघ रहे थे, वह उस घर को छोड़कर चली गई। पुरुष की पोशाक पहनकर, पगड़ी बाँधकर, नकली मूँछ लगाकर, सुनसान राजपथ से वह हिम्मत के साथ चली। उसके निर्णय की पवित्रता ने उसे हिम्मत दी। चलते-चलते जंगलों तथा टीलों को लाँघकर वह पहाड़ के ऊपर पहुँची। वह प्रदेश बिलकुल जंगल-सा था। भारी-भरकम वृक्षों की शाखाओं पर बड़े-बड़े सांप लटके हुए थे। ऐसे में एक छोटे से पत्थर पर आसन मारकर बैठते हुए आँखें मूँद वह प्रार्थना करने लगी। फिर उसने आँखें नहीं खोलीं। वह हिली नहीं। उसकी लम्बी तपस्या आगे बढ़ी। उसके ऊपर आकाश घुमड़ता रहा और बादल गरजकर मूसलाधार बारिश होती रही। धूप और सर्दी आते-जाते रहे। ऋतु परिवर्तन का उसे पता नहीं था। उसकी इन्द्रियाँ एक नए जागरण की प्रतीक्षा में थीं।'

अन्त में सालों बाद उसके चारों ओर एक मन्दिर बन गया। तब तक वह एक सोने की मूर्ति बन चुकी थी।

वह पाण्डवपुरम की कन्याओं एवं सुमंगलियों की रखवाली बन गई।

वह पत्थर और वह मूर्ति अब भी वहीं हैं।

वह समाप्त कर रहा था : 'भक्तों का जब प्रवाह होने लगा तब टीले के ऊपर के हिस्से का जंगल साफ किया गया। बड़ा मन्दिर अस्तित्व में आया और वहाँ बड़ा बदलाव आया।

नीचे तराई तक पत्थर की सीढ़ियाँ बनाई गईं। आमदनी जब बढ़ी तब मन्दिर के लिए मालिक भी पैदा हुए। मालूम है वे कौन थे? उन पुराने पाँच पतियों की अगली पीढ़ी के लोग।'

जब कहानी समाप्त हो गयी, दोनों को अद्‌भुत आश्चर्य के साथ बैठे देख उसे हँसी आई।

किसने ये सब कहा? एक लड़की से जिसने अभी तक दुनिया नहीं देखी। एक मासूम लड़के से। लेकिन उसको मालूम है कि पाण्डवपुरम की कहानियाँ इतना कहने पर भी समाप्त नहीं होती हैं।

तेरह

नौ बज गए।

श्यामला ने समझ लिया कि उस दिन भी भाभी ने स्कूल जाने की तैयारी नहीं की। उसने दरवाज़े से झाँककर कमरे की ओर देखा। भाभी कुर्सी पर बैठी है। सामने एक पुस्तक खुली रखी है। लेकिन आँखें कहीं दूर टिकी हैं। पीले चेहरे पर जो झीना आवरण है वह समझ से परे है। उसने दुःख के साथ सोचा कि पिछले कुछ दिनों से, उसके आने के बाद भाभी एकदम बदल गई है।

इतने कम दिनों में क्या वह भाभी को अपने वश में कर सका? भाभी का हृदय जल्दी पिघलता तो नहीं है। सबके सब खो जाने पर भी अब तक वह अपने पैरों पर टिकी रही? बहुतों ने चोरी चुपके बहुत कुछ कहा। लेकिन उन सबको नकारकर, तनकर, सिर उठाकर, अपनी मस्ती में चली। शायद, मन ही मन दम साधकर रोती होगी, कौन जाने! मन की बात देवी भाभी के चेहरे से कभी प्रकट नहीं होती।

'भाभी...' उसने धीरे से बुलाया।

देवी हिली नहीं।

श्यामला ने फिर पुकारा, तब वह चौंक उठी। गोद में पड़ी पुस्तक नीचे गिर गई।

'क्या है?'

'आज भी स्कूल नहीं जाओगी?'

'नहीं।'

'कल शाम को स्कूल से चपरासी आया था। उसने कहा कि मैनेजर आपको पूछ रहे हैं।'

'मैंने छुट्टी-पत्र दिया था?'

'छुट्टी नहीं है।'

'अवैतनिक छुट्टी हो सक़ती है। तबियत ठीक नहीं है तो और क्या करूँ?'

'भाभी रोग क्या है? डाक्टर के पास जा सकती है न?'

'नहीं।'

'इस प्रकार बैठे रहने से?'

'देख, भाभी?' श्यामला ने कुरसी पकड़ते हुए उसकी आँखों में देखकर कहाः 'कुछ दिनों से मैं यह देख रही हूँ। उसके आने के बाद भाभी का चेहरा कभी भी प्रसन्न नहीं था। इसके पहले कतई ऐसा नहीं था। अब इतनी जल्दी क्यों यह बदलाव हुआ।'

जवाब दिए बिना देवी ने चेहरा नीचा किया। उसके चेहरे की भावहीनता श्यामला बिलकुल नहीं समझ सकी। लेकिन उसको लगा कि उसकी जड़ें गहरी हैं।

नफरत से, हठ से उसने पूछाः

'क्यों इस प्रकार जलती है? यदि भाभी एक शब्द बोलती तो वह वापस जाएगा न?'

'कौन?'

'उस कमरे में रहने वाला।' सामने के बन्द दरवाज़े की ओर उसने इशारा किया।

'श्... चुप...' देवी ने होंठों पर उँगली रखते हुए कहा।

'सुनने दे।' श्यामला ने थोड़ी ऊँची आवाज़ में कहाः 'उसको ही सुनाने के लिए मैंने कहा।'

'श्यामला...' उसने सघन आवाज़ में पुकाराः

'उससे जाने को मैं नहीं कह पाऊँगी।'

'क्यों? भाभी को उससे कहने में कोई दिक्कत है तो मैं कहूँगी। मुझे कोई डर नहीं।'

'किसी डर के कारण नहीं। लेकिन... लेकिन, कितने दिनों से मैं उसका इन्तज़ार कर रही थी... आखिर वह आ गया, उस मेहमान को वापस भेज दूँ, क्या मैं इतनी पगली हूँ?'

श्यामला की आँखें आश्चर्य से खुली रह गईं।

'क्या-क्या बक रही है? उसका इन्तज़ार कर रही थी? भाभी पहले से उसे जानती थी? पाण्डवपुरम के बारे में उसने जितनी कहानियाँ कहीं, कौन नहीं जानता कि वे सब झूठ हैं?'

'नहीं बेटी, वे सब सत्य हैं।'

'बेकार बातों पर आप सिर खपा रही हैं। बार-बार सुनने पर कोई भी झूठ सबको सत्य सा लगने लगता। वही है उसका कौशल। मैंने पहले ही समझ लिया। भाभी आप इतनी भोली हैं कि इतनी जल्दी उसके बहकावे में फँस गईं...?'

'मैं फँस नहीं गई हूँ, श्यामला।' यादों में ढूँढ़ते हुए देवी जैसे सपने में बोलने लगीः 'सालों से एक जाल बुन रही थी। मात्र उसको फँसाने के लिए। मैं उससे अभी तक मिली नहीं थी, इसके पहले। लेकिन मुझे मालूम था कि एक दिन वह आ जाएगा और मेरे जाल में फँस जाएगा। लम्बे अर्से से मैं उसका इन्तज़ार कर रही थी। इन्तज़ार करते करते में धैर्य खोने लगी थी। रोज़ स्कूल से आते समय मैं तुझसे यही पूछती थी कि कोई पत्र है या नहीं। तूने सोचा था कि तेरे भाई का पत्र होगा। नहीं। मैंने तेरे भाई का नहीं बल्कि इसका इन्तज़ार

किया था। इसके आगमन के इन्तज़ार में कई शामों मैं रेलवे स्टेशन के बेंच पर अकेली बैठती थी। उत्तर से आने वाली एक ही गाड़ी है, उसमें से उतरने वालों के बीच मैं इसके चेहरे को आतुरता के साथ ढूँढ़ती थी। क्या पेटी लेकर यात्रा से थके हुए चेहरे वाला कोई युवक गाड़ी से उतरता है? क्या पीपल के पेड़ के नीचे के टैक्सी वाले से कोई कलरिप्पाडम की ओर जाने का रास्ता पूछता है? कितने दिनों मैं इन्तज़ार करती रही। लेकिन जिस दिन वह आया उस दिन मैं उसके स्वागत के लिए स्टेशन पर नहीं थी। फिर भी मुझ से नाराज नहीं हुआ। गाड़ी पकड़कर घर ढूँढ़ते यहाँ पहुँच गया। कितना भला मानस है वह। मुझसे नाराज होकर यह घर ढूंढ़ निकाले बिना अगर वह वापस चला जाता तो? मैं उसकी कल्पना भी नहीं कर पाऊँगी।'

'बस...' श्यामला ने कहाः 'सुनते-सुनते थक गई। यह एक शापग्रस्त घर है। पहले कंञुट्टेट्टन। फिर यह। अब भाभी भी। कुछ समय के बाद मैं भी पगली हो जाऊँगी।' देवी ने हँसने की कोशिश की। लेकिन वह बेकार की निकली।

'ठीक है। कुछ समय के बाद, जब बुद्धि बैठ जाएगी तब तू भी मेरे समान बन जाएगी। मनुष्य जन्म का शाप है, सपना देखना।'

'मुझे ऐसा पुराण नहीं सुनना है।' श्यामला ने ज़ोर से कहाः 'मुझे अपनी पुरानी देवी भाभी वापस चाहिए । कुञुट्टेट्टन जब शादी करके आपको ले आया तब से आप मुझे बहुत प्रिय थीं। मैं आप जैसी बनना चाहती थी। भाभी के जैसे बाल बनाने को, काली लम्बी बिंदी लगाने को, छोटा ब्लाउज़ पहनने को। क्या कहूँ, भाभी के समान चलने और हँसने का भी प्रयास मैंने किया। आप दोनों जब झगड़ा करते थे तब मेरा खून उबलता था। भाई के लिए जो सम्मान था वह टूट जाता था। मेरी जीभ की धार भाई को अच्छी तरह मालूम थी। पर आपको मानकर मैंने चुप्पी साधी।'

'जो भी हो तू मेरी ज़िन्दगी के बारे में चिंता मतकर। वह मेरे वश में है।'

'मैं कैसे चिंता न करूँ रात भर भाभी सोये बिना इधर-उधर लोटती रहती थीं। फिर बड़े सबेरे ऊँघती थीं। नींद में कुछ न कुछ बोलती थीं। तब मैं मन ही मन इस आदमी को शाप देती थी। भाभी की बेचैनी का कारण यह है।'

'श्, चुप।' देवी ने फिर होठों पर हाथ रखाः 'वह अन्दर है।'

श्यामला खुद को काबू में नहीं रख पाई। गुस्से से उसकी आवाज़ काँपने लगीः

'मैं ज़ोर से चिल्लाऊँगी, वही नहीं, सब सुन ले।'

तब तक दरवाजा खोलकर वह बाहर आया। वह सफेद शर्ट और धोती पहने हुए था। कन्धे पर एयर बैग भी था।

उसने पूछाः

'सुबह-सुबह दोनों के बीच क्या चल रहा है?...'

'हम आपके बारे में ही कह रही थीं।' श्यामला ने ईर्ष्या के साथ कहा:

'श्यामला...।' देवी की आवाज़ गूँज उठी। श्यामला ने देवी के चेहरे को क्रोध से लाल लाल होते और आँखों को जलते हुए भी देखा। वह तुरन्त चुप हो गई। उफनकर आए क्रोध को दबाने में असमर्थ होकर फुसफुसाती रही।

यह सब एक तमाशे के समान वह देख रहा था।

उसने कहा:

'जो भी हो आप लोगों के बीच मेरे कारण ऐसी नौबत आ गई? वह भी कुछ दिनों में...'

देवी स्पष्ट करने की कोशिश कर रही थी :

'हम आपकी बात नहीं कर रही थीं।'

'मैंने सब कुछ सुन लिया था।' उसने कहा: 'तुमने नहीं कहा होगा लेकिन गाँव के लोग एवं लड़के कहने लगे हैं।

'उनको कहने दे।' देवी के चेहरे पर परिहास था: 'अब तक कहाँ थे गाँव के ये लोग और लड़के? एक आदमी ने मुझे जब मैले कपड़े के समान फेंक दिया तो कोई पूछने के लिए नहीं आया। अब मैं किससे डरूँ? मैं किसी से डरती नहीं हूँ। पहले भी नहीं डरती थी। अब बिलकुल नहीं...।'

वह तब भी हँसता रहा। फिर धीमी आवाज में कहा:

'वह तो अच्छी बात है। लेकिन मैंने जाने का निर्णय कर लिया है। मेरी वजह से इस परिवार की शान्ति भंग नहीं होनी चाहिए ।'

'ऐसा किसने कहा?'

'कहे बिना ही मैंने समझ लिया।'

'ऐसी कोई बात नहीं। तुम्हें इस ओर मैंने ही बुलवाया था। जब तक मैं जाने के लिए नहीं कहूँगी तब तक तुम यहाँ रह सकते हो।'

'मुझे यह पसन्द नहीं है तो?'

'पसन्द'। देवी के अधर सिकुड़ गए। चेहरे पर एक विकृत हँसी खिल उठी। 'तुम्हारी पसन्द और नापसन्द कौन मानता है? क्या तुम्हारी इच्छा से तुम इतनी दूरी लांघकर आए हो?'

किसी के पास इसका जवाब नहीं था। उसका चेहरा जल्दी धुँधला हो गया। निराश होकर उसने दोनों के चेहरे की ओर बारी-बारी देखा। देवी का चेहरा दृढ़ हो गया। दृढ़ आवाज़ में उसने कहा:

'तो, मैं एक बात कहूँ। जो ठीक नहीं है ऐसी इच्छाओं को छोड़ दो। अन्त में निराश होना पड़ेगा। तुम इधर से नहीं जाओगे। तुम कभी भी नहीं जा पाओगे। सालों से बुने हुए

जाल की ओर तुम्हें मैं फँसा रही थी। इतनी जल्दी बन्धन तोड़कर भाग सकोगे?'

उसकी घूरती दृष्टि का सामना करने में वह असमर्थ हो गया।

देवी ने उसी आवाज में बात ज़ारी रखी :

'याद रखो। तुम्हारा नियंत्रण मैं ही कर रही हूँ, मेरे दायें हाथ की पाँच उँगलियाँ हैं। जाल का गाँठ मेरे खोले बिना तुम बाहर नहीं निकल पाओगे। मैं वह करूँगी भी नहीं।'

उसने ठहाका मारा। सबको तहस-नहस करने वाली, अधीन बनाने वाली हँसी। उस हँसी ने उसे बेचैन कर दिया। उसके तमतमाते चेहरे की ओर देखने और जलती आँखों का सामना करने में उसको डर लगा। ढीली आवाज़ में उसने कहा :

'आज की गाड़ी से जाने की आज्ञा दी गई है मुझे।'

'किसने कहा?'

'गाँव के लड़के।'

'गाँव के लड़कों से तुम डरते हो?'

'नहीं।'

'फिर?'

'मेरी इच्छा है कि मेरी वजह से इस परिवार और तुम दोनों की बदनामी न हो।'

'कौन सी बदनामी, किसकी?' फिर देवी ने हँसने की कोशिश की। 'तुम्हें मैं इस ओर खींच ले आई। यह मेरी अपनी बात है। गाँव वालों को इसमें दखल देने की ज़रूरत नहीं।'

'श्यामला के बारे में भी सोचना है न?'

'हम क्यों इन सबके बारे में सोचें? उसकी नियति उसकी अपनी है। एक ज़माने में मैंने भी बहुत सपने देखे थे। फिर, अब कहाँ पहुँच गई?'

वह चुप था।

इसलिए उसके कन्धे से एयर बैग छीनते हुए उसने आज्ञा दी: 'यह अपने कमरे में ले जाओ। यहाँ से जाने के बारे में अब मत सोचो। वक्त आ जाए तो मैं बोलूँगी। तब तक यह कमरा ही तुम्हारा घर...'

शक्ति है उन आँखों में, उनके सामने एक मूर्ख के समान वह चकित होकर खड़ा हो गया। उसके मन में एक पुरानी याद धीरे-धीरे आ रही थी। कपूर के थाल की लाल ज्वाला के सामने, सिन्दूर फैला माथा, खुले बाल और लाल वस्त्र में, अग्निज्वाला के समान एक स्त्री रूप।

तब उसको लगा कि हाथ जोड़कर उसका प्रणाम करे। 'माते, देवी, महामाये! बचाओ।' वह फुसफुसाया। तब तक गला सूख गया था।

चौदह

शाम को स्कूल से आते ही रघु मेरे कमरे में आ गया। नानी भी साथ थी। वह चारपाई से सटकर बैठा हुआ था। नानी लाठी टेक झुकती आयी। उसने चारपाई से टेक लगा खड़े होकर उस ओर मसूड़ा दिखा कर हँस दी।

'बेटा, क्या तुम कुंज़ुट्टेट्टन से मिलते हो?' उसने पूछा।

उसने 'हाँ' या 'न' नहीं कहा। नानी ने सोचा कि उसने कुछ कहा, इसलिए कान लगाकर उसने पूछाः

'क्या...?'

उसने रघु से कहाः

'नानी से कह, नहीं मिलते हैं।'

रघु ने हाथ-पैर के संकेतों से नानी के कानों में ऊँची आवाज़ में कहाः

'पिताजी से मिलता नहीं है।'

नानी ने सिर हिलाया कि समझ में आया। उसने ढीली, ठण्डी आवाज़ में पूछाः

'उसका स्वास्थ्य क्या अब भी बिगड़ जाता है? उसकी देखभाल के लिए वहाँ कौन है?'

रघु के माध्यम से जवाब मिला।

'मालूम नहीं है।'

फिर कुछ पूछे बिना अपने आप अस्पष्ट रूप से कुछ फुसफुसाते हुए, झुके-झुके वह बाहर की ओर चली गयी।

रघु ने उसे समझाया- 'नानी सुनती नहीं। ऊँची आवाज़ में कहने पर भी वह पूछती है कि क्या, क्या?'

ये सब सुनने का उसे मन नहीं हुआ। रघु उसकी पेटी खोलकर उसमें कुछ ढूँढ़ने लगा तो उसने थोड़ा नाराज़ होकर कहाः

'क्यों खोलता है?'

'यों ही'।

'तो बन्द रखो।'

अनमने ही पेटी बन्द करके वह चारपाई के पास खड़ा हो गया।

थोड़ी देर बाद उसने पूछाः

'मामा आज टीले पर नहीं जाते?'

'नहीं।'

'कल बोले थे कि मुझे ले जाएँगे।'

'आज नहीं जाएँगे।'

'क्यों?'

उसका कोई जवाब दिए बिना मुख मोड़कर पपीते के पेड़ पर पके पपीते पर चोंच मारते कौओं को देखते हुए बैठा रहा।

'मैंने माँ और श्यामला दीदी से कहा था कि आज हम जा रहे हैं।'

'तो उनसे ही कहो, ले जाने को।'

रघु को मालूम हुआ होगा कि उसकी बातें उसे अच्छी नहीं लग रही हैं। उसने जल्दी ही विषय बदल दिया :

'मामा कब जाएँगे?'

'कहाँ?'

'पाण्डवपुरम में।'

'तुम क्यों जानना चाहते हो?'

'आपने कहा था न कि जाते समय मुझे भी ले जाएँगे? मुझे वहाँ के स्कूल में पढ़ायेंगे। हरी बस में...'

'बस, बस।' उसने ईर्ष्या से कहा : 'उन सबके बारे में बाद में सोचेंगे। अब तो बोल नहीं पाऊँगा।'

उसने घृणा से एक सिगार लेकर सुलगाया। चारपाई पर उसके पास बैठते हुए रघु ने उसके चेहरे की ओर घूरकर देखा और पूछाः

'मामा चिढ़ गया क्या?'

उसके जवाब देने से पहले देवी आ गयी। उसने मुड़कर देखा। वह रक्त रंग की ब्लाउज और साड़ी पहनी हुई थी। ललाट पर बड़ी सिन्दूर की बिन्दी लगी हुई थी। माँग में सिन्दूर भरा था। होंठ पान की पीक से लाल-लाल थे। छाती के लाल रंग के पेटेंट से और लाल वस्त्रों से अपूर्व लालिमा उसके चेहरे पर फैल गई थी।

'रघु बाहर जाकर खेलो। वहाँ दिनु आया है।' उसको लगा कि भाव तीव्रता में देवी की आवाज़ काँप रही है।

रघु के जाने के बाद उसने दरवाज़ा बन्द कर कुडी लगायी।

पपीते के पेड़ पर कौए शोर मचाते रहे। चोंच मारने पर पपीते से काले बीज नीचे

निकल गिर रहे थे।

उसकी आँखें देवी के चेहरे से फिसल गई थीं। जब वह चारपाई पर, पास आकर बैठी तो वह एक ओर हटकर बैठा।

'किससे चिढ़ गए हो? क्या मुझसे?' देवी ने पूछा। उसको जवाब नहीं सूझ रहा था।

'हिचकने की ज़रूरत नहीं, मेरी तरफ देखकर बोलो। क्या मुझसे चिढ़ सकते हो?'

उस लाल ज्वाला की तरफ एक बार और देखने की उसकी हिम्मत नहीं हो रही थी।

'बहुत दिनों के बाद आज दोपहर मैं सोयी।' देवी बोलने लगी:' 'नींद में कई दिनों से जो सपना मैंने देखना चाहा था वह देख लिया। पाण्डवपुरम में हमारी कॉलोनी के पीछे रेल की पटरियों के उस पार एक घास वाला मैदान है न? वहाँ हम दोनों बैठकर बोल रहे थे। क्या बोले थे याद नहीं। शायद, आप कोई तमाशा देख रहे होंगे। कारण, मैं ठहाका मार रही थी, आप बार बार मुझे 'दंतिया' पुकार रहे थे। ठेलेवान कुट्टी से एक पैकेट मूँगफली खरीदी, जब मैं हँसती तब आप मेरे मुँह में फेंकते थे। अन्त में जब धूप जाने लगी, ओस कण गिरने लगे तब मैदान पार कर सलाई के बाड़े से सुरक्षित आरेंज के बगीचे के बीच के पथ से हाथ से हाथ मिलाकर हम चल रहे थे। ठण्ड ज़्यादा थी। हम दोनों ने लाल रंग के ऊँनी कपड़े पहने थे। रास्ते पर कोई नहीं था। आपने बायें हाथ से मुझे अपनी ओर सटा लिया। आप लगातार कुछ न कुछ बोलते रहे। गीले रास्ते पर हम बहुत दूर तक चले। पीछे से साइकिल पर आए लम्बे बालों वाले आदमी ने मुड़कर मेरी तरफ देखते हुए जब सीटी बजाई तो आपने उसे गाली दी। और आगे बढ़े, पर बगीचे की सीमा पर बाड़ा दिखाई पड़ा। गेट खुला पड़ा हुआ था। हम उस गेट को भी पार कर बाहर गए। हम भूल गए कि हम बहुत दूर तक आ गये हैं। तब पीछे गेट के बन्द होने की ऊँची आवाज सुनाई पड़ी। गेट से सटकर एक बड़ा मूँछ वाला तगड़ा मोटा आदमी खड़ा दिखाई पड़ा। मुझे लगा कि वह पहले कहीं मिला है। 'रात होने वाली है; हम बहुत दूर आ गये हैं वापस जाएँगे,' मैंने कहा। 'डरो मत बेटी, मेरे कन्धे पर हाथ रखकर, छाती पर नोचते हुए आपने कहा। गेट बन्द होने पर भी हमारे जाने के लिए कितने रास्ते हैं। लेकिन मेरा शरीर काँप रहा था। हमारी ओर घूरकर देखते उस मोटे को देखकर डर से मैं काँप रही थी। मुझे लगा कि किसी भी रास्ते से जाने पर वह मेरा पीछा करेगा। नहीं, नहीं मैं चिल्लाई। हम जिस रास्ते से आए उस रास्ते से वापस जाएँगे। यही रास्ता मैं जानती हूँ। इस रास्ते से हम वापस जाएँगे। मैं ऊँची आवाज़ में बोलती रही। उसके जवाब में मुझे शान्त करने के लिए आपने कुछ कहा था। लेकिन उसे माने बिना मैं गेट की ओर दौड़ी। मुझे यकीन था कि आप मेरे पीछे आएँगे। लेकिन आप वहाँ खड़े हो गए। तब मैंने देखा कि मेरे सामने वह बड़ी मूँछ वाला छाती तानकर वहाँ खड़ा हुआ था। उसके होठों पर निर्मम हँसी थी। मैं एकदम चौक गई। मैंने समझ लिया कि बड़ी मूँछ और मोटी भौंहों को हटाने पर वह कुंजुट्टेट्टन का चेहरा निकलेगा। मैंने ऊँची

आवाज़ में चीख मारी होगी। लम्बे रुदन के साथ मैं नींद से जाग उठी...'

यह सब सुनने के बाद उसके चेहरे की ओर देखे बिना वह बुदबुदायाः

'तुमने सुन्दर झूठ बोलना सीख लिया।'

'यह झूठ नहीं, सच है।' देवी ने हठ से कहाः' एक सपने की कहानी को झूठ बनाने से मुझे क्या मिलना है?'

'वही मैं भी सोच रहा हूँ।'

'ज़रूरी नहीं है कि आप मुझ पर यकीन करें। लेकिन नींद से चौंक उठने के बाद लम्बी देर तक वैसी ही लेटी पड़ी रही। कुछ देर तक मैं हिल नहीं सकी। मैं उस दुःस्वप्न में उतना डूब गई थी। फिर मैंने सोचा, लम्बे अन्तराल के बाद जो सपना देखा, इसका मतलब क्या है? बहुत इन्तज़ार के बाद देखे गए इस सपने का अन्त मुझे क्यों चौंका देता है?'

वह जल्दी ही देवी की ओर मुड़ाः

'मैं बोलूँ। मैंने अभी तक जो कहा उसे गढ़ी हुई कहानी बनाने के लिए देवी भी कहानी गढ़ रही है। झूठ को झूठ से हराने की कोशिश है।'

'नहीं, कभी भी नहीं।' देवी ने बल देकर कहाः 'आप जो बोलते थे वह सब जिस प्रकार सच थे वैसे ही मैं जो बोल रही हूँ वह भी सत्य है। लम्बे अर्से तक किसी भी सत्य को छिपा नहीं सकता।'

'क्यों यह सब कुछ बोलती है? असल में, देवी कतई पाण्डवपुरम नहीं गई थी? इस कच्चे गाँव को छोड़कर कहीं गई ही नहीं?

'हाँ। मैं पाण्डवपुरम गई हूँ। कुंञुट्टिटेट्टन के क्वार्टर में रही थी। मेरे पड़ोस के क्वार्टर में आप रहे थे।'

'एकदम झूठ।'

'तो बोलो, तुमने कैसे पहचान लिया कि पटरी के उस पार घास वाला मैदान था और मैदान के बाद शलाके के बाड़े में ऑरेंज का बगीचा था? मैंने जो कहा तब वह सत्य है न? घास वाला मैदान, शरणार्थियों की कॉलोनी और ऑरेंज का बगीचा सब वहाँ हैं न?'

'हैं।'

'तब?' देवी ने जीत भरी दृष्टि से मुझे घूरकर देखा।

'मुझे मालूम नहीं है।' उसने बेबस होकर हाथों से चेहरा ढक लियाः 'मुझे कुछ भी नहीं मालूम।'

'तो मैं बोलूँ।'

जब देवी कहने लगी तब उसने ऊबकर चेहरा देवी की तरफ से हटा लिया। गरम हथेली उसके कन्धे पर पड़ी। गरम साँसें जब उसके कपोलों पर पड़ीं तब उसने उससे बचने की कोशिश की। उसने समझ लिया कि वह उसके लिए असमर्थ है, इसलिए वह सिकुड़ गया।

देवी बोलती रही:

'मैं पाण्डवपुरम में थी। दो-तीन सालों तक उस पीले रंग के छोटे मकान में कुंञुट्टेट्टन और मैं बनते बिगड़ते रहे। फिर वापस आयी। यहाँ जब मैं अकेली हो गई थी तब मुझे लगा कि पास के घर में यदि आपकी जगह और कोई था तो हम दोनों के बीच का रिश्ता इतना न बिगड़ता। आप लड़कियों को जाल में फँसाने में इतने होशियार थे। आपके चेहरे पर हमेशा एक जादूभरी हँसी रहती थी। कोई भी उसमें फँस जाएगी। जब कभी कुंञुट्टेट्टन रात को ड्यूटी के लिए जाता था तब आप खिड़की के पास सिगार सुलगाते हमारे घर की तरफ ही देखते हुए खड़े होते थे। खिड़कियों के पर्दों को ही नहीं, बल्कि दीवार को भी भेदने वाली थी आपकी निगाह। शुरू में आपको वहाँ खड़े होते देख मैं भाग जाती थी। मुझमें आपके लिये घृणा एवं उपहास था। उन दिनों जब कभी आपको पास पाने का अवसर आ जाता तब चेहरे पर थू थू करने की शक्ति मैं सँजोकर रखती थी। फिर न जाने, पता नहीं कैसे, धीरे-धीरे मेरा हृदय पिघलने लगा। आपको लुक छिपके मैं ध्यान से देखने लगी। मुझे ठीक मालूम था कि आपके पास किन-किन रंगों के शर्ट और पैंट थे। फिर एक बार मैंने नटखट बात की। एक कागज़ में आमला रखकर मैंने आप पर फेंक दिया था। उसमें जो लिखा था, वह आज भी मुझे याद है। नीला शर्ट और काला पैंट आपको सबसे ज़्यादा सूट करते हैं...'

वह रुकी। यह सब ठीक है न? यह पूछने के लिए देवी ने उसका चेहरा अपनी ओर मोड़ा।

'देवी, क्या कर रही है?' हिचकते हुए उसने पूछा।

'देवी नहीं दंतिया ही कहो।' उसने हँसते हुए कहा: 'मेरे दाँत सुन्दर हैं, मुझे पता है।'

थोड़ी देर तक वह चुप रही।

फिर उसने कहा: 'क्या आप लोगों को अपने पूर्वज उस युवक की कहानी याद है? लुहार के हाथ से...?'

'सुना है। वह कल्पित कहानी है। वैसा एक जार नहीं।'

'सब कल्पित कहानियाँ हैं। मैं, तुम, पाण्डवपुरम, यह दुनिया सब...'

वह आश्चर्य के साथ देख रहा था कि वह आगे क्या करने वाली है। देवी मदहोशी में है।

वह कुछ न कुछ बकती रहती है। वह कैसे इतनी जल्दी सब गढ़ सकती है? अन्त में बकते-बकते जब शिराओं में खून उबलेगा, फेनिल गरम खून सिर पर चढ़ेगा, तब वह सब भूलकर भावावेश में क्या मुझपर निछावर हो जाएगी?

देवी उसकी सोच का उसी रफ्तार से पीछा कर रही है।

उसके डर ने देवी को खुशी दी। उस अहं के फन पर ज़ोर से लात मारकर, अपने मन में ग़ैर-ज़रूरी मोहों को उसने जगाया, उसके लिए, अपनी ज़िन्दगी को बरबाद कर

दिया, उसके लिए, उन सबके लिए माफी मँगवाने के बाद अन्त में आखिरी लात मारकर उसे गीली मिट्टी में गाड़ना चाह रही थी।

देवी ने कहाः

'बेचारे कुंजुट्टेट्टन को कुछ भी नहीं मालूम था। तुमने मुझसे बड़ी होशियारी से परिचय बढ़ाया। हमारे घर के स्थायी मेहमान बनने पर भी कभी भी उसने तुम पर संशय नहीं किया। जार की आसक्ति से पूर्ण काले चेहरे को तुमने बहुत ही होशियारी के साथ छिपा रखा था। वह रात को जब ड्यूटी पर जाएगा तब घर पर अकेली मुझ पर थोड़ा ध्यान रखने को भी उसने तुमसे कह रखा था। तुम उस दायित्व को लेने के लिए कब के तैयार थे। एक निगाह की जगह हज़ारों निगाहों को तुम मेरे घर की ओर फेंकते रहे। हज़ारों कड़ियों वाला जाल बुनकर तुमने मुझे फँसाया। जिन रातों में ड्यूटी नहीं थी, उन रातों मैं अपने पति के पास नींद आए बगैर ठंडे शरीर और बेमन से लेटती थी तब मुझे मालूम था कि तुम बेचैन होकर टहल रहे होंगे।

हमारे शय्यागृह के चाल-चलन के बारे में एक जार की ईर्ष्या से तुमने कल्पना की होगी। उस ईर्ष्या की वजह से तुमने अधिकारियों से सिफारिश कर मेरे पति को रात में ओवरटाइम ड्यूटी दिलवाई थी। मेरा पति उसके लिए तुम्हारी तारीफ करता था। तब उस कमज़ोर आदमी से गुस्सा करने में भी मैं नाकाबिल थी। मेरा मन तब तक बहुत चंचल हो गया था...'

'लेकिन...' उसकी काँपती आवाज़ सुनी। उसे बोलने न देकर देवी ने ज़ारी रखाः

'तुम कहने जा रहे हो कि हमारा शारीरिक सम्बन्ध कभी भी नहीं हुआ था है न? ठीक है। वह मेरी सबसे बड़ी हार थी। यदि कभी मैं उसके लिए तैयार हुई होती तो मैं छप्पर के ऊपर खड़ी होकर चिल्लाती कि मैंने तुम्हें पराजित कर दिया। लेकिन, तुम्हारे अन्दर उसके लिए साहस नहीं था। कभी-कभार मैंने पिछवाड़े का दरवाज़ा खोलकर छोड़ा था। लेकिन उस दरवाज़े से आँधी के समान आने में और पुरुष की अग्नि को मेरी शिराओं में फैलाने में तुम काबिल नहीं हो पाए कायर।'

वह देखते-देखते ढीला होता जा रहा था।

उसने तकिए पर चेहरा गड़ा लिया।

'शायद यदि मैं नंगी होकर तुम्हारे सामने आ जाती तो भी तुम इस प्रकार आँखें बन्द कर लेट जाते।'

'बस'...वह चीख उठा।

'मैं रोकूँगी नहीं!' देवी चींख उठी :

'मुझे जानना है कि तुमने क्यों मेरी ज़िन्दगी को बरबाद किया, क्यों मेरे पति को मुझसे अलग कर दिया। जिस शरीर ने तुम्हें ललचाया तुमने उसे क्यों नहीं अपनाया...'

'तुम मुझे पसन्द थी। यों ही पसन्द थी।'

'थू ...! पसन्द है!'

'क्यों ये सब बोलती है? देवी को... देवी को क्या चाहिए?'

उसकी कमज़ोर आवाज़ सुनकर देवी का गुस्सा दुगुना हो गया :

'किसके लिए? मुझे तुम्हें हराना है। पैरों तले कुचलना है। तुम्हारे नंगे शरीर पर दुर्गा के समान मुझे नाचना है। तुम्हारा खून लेकर तिलक लगाना है। तुम्हारी अंतड़ियाँ लेकर गले में पहननी हैं... तुम्हारी ही नहीं, तुम्हारे जैसे हर पुरुष की...'

'देवी...।'

देवी को वह एक थके माँदे बूढ़े कुत्ते का कराहना सा लगा।

'वह खिड़की बन्द करो।' उसने कड़ी आवाज़ में कहा।

वह जल्दी उठ बैठा। डर से देवी की ओर देखा। बन्द करो! वह गरज रही थी।

देवी की आँखों में अग्निज्वालायें मचल रही हैं। उसकी आँखों के सामने वह लाल ज्वाला हिल रही थी, काँप रही थी। माँग का सिन्दूर चेहरे पर फैलकर लाल हो गया। जब देवी ने जूड़ा खोला तो तेच्ची के फूल बिस्तर पर छिटक गए। उसकी अपूर्व सुगंध कमरे भर में फैल गई। सुगन्ध ने उसे आवृत कर दिया। उन आँखों से, उन अधरों से, आसक्ति की जो चिनगारियाँ बिखरीं वे उसके चारों ओर चिता बनकर जलने लगीं। पसीने से भीगे कंधे पर उँगलियाँ दबाते हुए उसने मुँह खोलकर एक घूँट नम वायु लालच से निगल ली। उसके बालों में चलती उँगलियों ने खोपड़ी में गरम वृत्तों को बनाया। बाहर सीटी बजाते हुए हवा के झोंके चल पड़े। असंख्य सर्प उसका अनुसरण करते रहे। हवा की सीटियों के बीच बारिश की बूँदें टपकीं। अग्नि से जले चेहरे पर पानी की बूँदें गिर पड़ीं।

'वह खिड़की बन्द करो...' देवी की काँपती आवाज़ उसके कानों पर आ पड़ी।

फिर वह उस चिता में शिथिल होकर गिर पड़ा।

पन्द्रह

क्या अब तृप्त हो गए?

हल्के अंधकार की ओर घूरते हुए देवी ने खुद पूछा।

तेरे घृणा, विद्वेष और अहंकार क्या सब एक हल्की बारिश में शान्त हो गये?

दर्द भरे होठों को दाँतों से काटते हुए वह फुसफुसाया, 'नहीं। नहीं।'

जब प्रतिशोध का हठ सिर्फ आवरण बनता है, यह मालूम होने पर...उसको गहराई में जाने की जड़ें नहीं मिलतीं।

अब वह प्रतिशोध नहीं बन गया है। उन सबके ऊपर, जब हाथ से फिसले किसी को निकालकर लाने की कोशिश करती है तब कई चेहरों को गढ़कर किसी को सहलाया किसी को मारा, किसी को घृणा से देखा, किसी को काटकर खून बहाया।

क्या क्या बेवकूफियाँ!

क्या यह प्रतिशोध है? किससे विद्वेष है?

क्या कुंञुट्टेट्टन से? क्या इस कमज़ोर जार से? क्या अज्ञात अनेक रिश्तों से?

पास के बिस्तर पर श्यामला और रघु सटकर सो रहे हैं। धुँधली चाँदनी में श्यामला के होठों पर हल्की सी मुस्कुराहट प्रकट हो रही है। वह सपना देख रही होगी। रंगों की फुलवारी में वह उड़ रही होगी। दुःस्वप्न देखने का समय अब भी बहुत दूर है। पाण्डवपुरम जैसे सुकून को तलाशने का कष्ट उसको न दे।

रघु मुड़कर लेटते हुए कुछ न कुछ बुदबुदाता है। उसके सामने अब पाण्डवपुरम की रेल-पटरियाँ, भूमि को कँपाती और रोशनी के टुकड़ों को छिटकाती हुई तेज रफ्तार से भागती रात वाली गाड़ियाँ और शीशे जड़ित खिड़कियों के बीच छोटे-छोटे चेहरे वाली हरी बसें होंगी।

वह यकीन करता है कि पाण्डवपुरम सत्य है। वह मानता है कि रेलगाड़ी उस माया संसार तक पहुँच सकती है।

सबसे पहले जिसने पाण्डवपुरम को सत्य सिद्ध करने की कोशिश की वह अब अपने कमरे में अपनी चोटों को चाटकर सुखाते हुए फन नीचा कर, जले चेहरे को घुटनों के बीच गड़ाकर, नींद आए बगैर लेट रहा होगा। उसके विषैले दाँतों को जब मैंने निकालने की

कोशिश की तब सोचा तक नहीं था कि इतनी जल्दी अधीन कर सकेगी। कायर है तो भी मैंने सोचा कि थोड़ा प्रतिरोध वह करेगा। लेकिन कुछ भी नहीं हुआ। वह ठण्ड से बर्फ बने किसी उरग के समान अधीन हो गया। उसका चेहरा अब याद नहीं कर सकती। लेकिन थोड़ी घबराहट दिखाई पड़ी, जल्दी उसी वेग से वह मिट गई।

अब अहंग्रस्त होकर हँस नहीं पाता।

हे देवी, तूने इतने कमज़ोर मुकाबले की प्रतीक्षा कभी नहीं की होगी न? सालों से दमित सभी विकारों को विस्फोटित करने का एक क्षण। उसकी प्रतीक्षा तूने की थी न। एक भयानक विस्फोट के बाद सबका शमन होगा और मन थोड़ा शान्त होगा, यही तूने चाहा था। उसने किसी प्रतिरोध के बगैर गुलामी को स्वीकार किया। लेकिन उसकी ठंडी हार ने मेरे सभी मोहों को खत्म कर दिया।

देवी, क्या इसके लिए तू व्रत लेकर 'काव' में भजन कर उसको यहाँ तक खींच ले आयी। क्या इसके लिए बहुत ही सूक्ष्मता से डोरियों को सुलझाकर धागों को अलग-अलग कर, जोड़कर, कड़ियाँ बनाकर, मज़बूत जाल बनाया था ताकि वह बच न जाए।

अब जीत उसकी हुई है न?

मैं हार गई?

लड़ाई में जीतने का चैन उसको होगा।

बहुत मुश्किल से जो कुछ बनाए गए, वे सब ताश के महल समान नीचे गिर रहे हैं।

देवी को लगा कि फूट-फूटकर रोये।

वह छत की ओर आँखें फाड़े लम्बे समय तक लेटी रही।

नफा-नुकसान का हिसाब करना बेवकूफी है, फिर भी लग रहा है। कुछ भी नहीं चाहिए। यदि उसने मेरा सामना करने की थोड़ी कोशिश की होती, एक भी शब्द मेरे खिलाफ बोला होता, उतना तो ठीक था। तो मैं सो सकती थी। कभी भी सिर न उठाने लायक ढंग से लात मारकर हरा सकती थी। लेकिन अहं छोड़कर अपने बिल की ओर वापस जाने की व्यग्रता उसकी पराजय नहीं। होशियारी के बहाने वह एक बार फिर जीत हासिल कर रहा था। आगे वह पाण्डवपुरम की रोचक कहानियों को लेकर मेरे सामने नहीं आएगा। उसने मेरा इरादा समझ लिया है। अब उसकी कोशिश फन नीचा कर बच जाने की होगी। उसने समझ लिया होगा कि मुझे हराने का मार्ग वही है।

रोते हुए रघु जाग उठा। वह माँ को बुलाते हुए हाथ-पैर मार रहा है।

'रघू!' देवी ने धीमी आवाज़ में बुलाया। वह रोता ही रहता है।

'आ जा बेटा, मेरे पास सो जा।'

तब तक नींद से जगे बगैर कराहते हुए, किसी न किसी प्रकार वह उसके पास आकर गिर पड़ा। देवी ने उसे अपनी छाती से लगाकर उसके भीगे नयनों पर, कपोलों को चूम

लिया। उसका शरीर तब भी काँप रहा था।

'बेटा, क्या तूने बुरा सपना देखा?'

एक सूरक्षित स्थान की प्राप्ति के सुख में रघु ने देवी की छाती पर सिर गड़ाते हुए 'हाँ' कहा।

'क्या देखा?'

वह जल्दी याद नहीं कर सका। थोड़ी देर बाद रोना बन्द हुआ तो उसने काँपती आवाज़ में माँ के कानों में कहा :

'जब मैं स्टेशन पर गाड़ी पकड़ने को खड़ा था... तब पैर फिसलकर पटरी पर गिर गया... तब तक गाड़ी ने सीटी बजायी। गाड़ी का इंजन भयानक आवाज़ मचाते हुए मेरी ओर....'

वह सपना याद भी नहीं कर सका। उसने चौंककर माँ को जकड़ लिया।

'बेटा, तू कह।' उसने पीठ पर हाथ फेरते हुए, सांत्वना दी : 'माँ है न, फिर क्यों डरता है?'

'जब मैं गिरा तो मैंने माँ को पुकारा... तब प्लेटफॉर्म से माँ और वह दोनों तालियाँ बजाकर हँस रहे थे।'

देवी चौंक गई। उसे छाती से चिपकाते हुए कपोलों पर चेहरा रखा और कहाः

'नहीं बेटा, कभी भी माँ वैसा नहीं करेगी। मेरा तो सिर्फ तू ही है। तेरे बिना मैं कहीं भी नहीं जाऊँगी।'

रघु को थोड़ा साहस मिला। वह सीधे लेटकर कुछ सोच रहा था।

थोड़ी देर बाद बुरे सपने की गुत्थियाँ जब थोड़ी ढीली हो गईं, तब माँ के भीगे कपोलों पर उँगली फेरते हुए उसने पूछाः

'माँ मुझे भी ले जाएगी'?

'कहाँ?'

'पाण्डवपुरम में?'

'ले जाऊँगी। माँ जाऊँगी तो ज़रूर ले जाऊँगी।'

'वह राजी होगा?'

'वह कहीं भी जाये। हम दोनों जाएँगे।'

'अकेले?'

'हाँ।'

'गाड़ी में डर लगेगा क्या?'

'बेटा साथ है तो, मैं किससे डरूं?'

वह जवाब उसे अच्छा लगा, फिर भी उसको और भी कई शंकायें थीं।

'पाण्डवपुरम में कौन-कौन हैं?'

'तेरे पिताजी हैं।'

'पिताजी देखने में कैसे हैं?'

'बेटा जब तू बड़ा हो जाएगा तो वैसा ही होगा।

'पिताजी मुझे पहचानेंगे?'

'क्यों नहीं?'

'वह कैसे? पिताजी ने मुझे अभी तक देखा नहीं है न?'

देवी के पास इसका जवाब नहीं था।

'बेटा, तू सो जा। बहुत समय हो चुका है।' उसने कहा। वह माँ से और भी सटकर लेट गया। आँखें ज़ोर से बन्द कर लीं।

खिड़की से ठण्डी हवा आ रही थी। इससे रघु जल्दी सो गया। बेचारा बच्चा। उसके बालों में हाथ फेरते हुए देवी ने सोचा। वह भी डरावना सपना देखने लगा है। इतनी छोटी उम्र में ही डरावना सपना उसे सताने लगा। वह भी मानता है कि पाण्डवपुरम एक सत्य है। उसको मालूम नहीं था कि मेरे लिए पाण्डवपुरम एक अनिवार्यता है।

पाण्डवपुरम एक अनिवार्यता है।

कबाड़ के समान कुंञुट्टेट्टन ने मुझे क्यों फेंक दिया। कई बार कारण जानने की कोशिश की। कहीं भी नहीं पहुँचती। उस आदमी को मैं कभी भी पहचान नहीं सकी। अब यहाँ बैठकर खोए हुए क्षणों को पुनः पाने का प्रयत्न कर रही हूँ। मुझे एक अतीत चाहिए। तर्क युक्त अतीत। कुंञुट्टेट्टन मुझे क्यों छोड़कर चला गया? मैंने कौन सी गलती की? हाँ, सबके लिए कारण होंगे। उन कारणों को खोजते वक्त पाण्डवपुरम के गिरजाघर के शीशे के दीपक में कई रंग प्रकाशित होते हैं। मेरी आँखों के सामने से पीले रंग वाले कई चेहरों की कतार चली जा रही है।

उनमें से एक को चुनकर अपने जार में प्राण फूँक देती हूँ। इस प्रकार के अनेक अज्ञात विचित्र रिश्तों पर मैं भरोसा कर सकती हूँ। ऐसे ही एक जार से मेरा निकट सम्बन्ध होता तो यह जानकर ज़रूर कुंञुट्टेट्टन मुझे छोड़ देता।

बहुत-सी उम्मीदों को एक-एक करके जिस पाण्डवपुरम को बनाया वह आज मुझे भी चकित करते हुए एक सत्य बन गया है। अब मैं पाण्डपुरम के बारे में सपना देखती हूँ। पाण्डवपुरम के बारे में ही सोचती हूँ। देखते-देखते पाण्डवपुरम एक सत्य बन रहा है।

पाण्डवपुरम एक तसल्ली है। तसल्ली मात्र है। बेचैन मनों में पाण्डवपुरम जन्म लेता है।

सोलह

और एक रात।

कमरे के एक कोने में, अन्धकार में सिर नीचा कर खड़े एक आदमी को देवी ने देखा। उसके चेहरे के भाव अस्पष्ट थे। लेकिन देवी ने समझ लिया कि उसकी ओर देखने की उसकी हिम्मत नहीं हो रही। खुले बालों को सम्भालते हुए देवी ने धीरे से कहा:

'अन्त में तुम आ गये हो? मुझे मालूम था, तुम एक दिन ज़रूर आओगे।'

वह कुछ बोला नहीं।

शान्त स्वर में देवी कहती रही:

'नहीं। तुमसे स्पष्टीकरण माँगना अब मेरा लक्ष्य नहीं है। रात को बिस्तर पर मुझे अकेले छोड़कर तुम भाग गये। तुम्हारा डर मेरे लिए मन में अब नहीं है। हाँ, शुरू में अन्धकार और शापग्रस्त अकेलेपन की शिकार बनती थी तब मैं बहुत दुःखी होती थी। मैं तुम्हें दोषी नहीं ठहरा रही हूँ। मुझे मालूम था कि तुम कभी भी मुझ पर दया नहीं दिखाओगे। सोच लो, कहीं से आए हुए एक युवा के शब्दों में फँसकर, मोहित होकर मैंने अपने यौवन और सौन्दर्य... मैं क्यों ये सब कहूँ, है न? लेकिन, इसको दुहराने में मैं सुख का अनुभव करती हूँ। मेरा यौवन और सौन्दर्य जब मैं उसको सौंप देती हूँ तो जार का सामना करने में असमर्थ एक कमज़ोर पति की पद छाप छोड़ने में दुर्बल हो कर तुम छिप जाते हो। ऐसे समय तुमसे मैं हमदर्दी ही जता पाऊँगी।'

वह कुछ भी बोले बिना उस अँधेरे कोने में हिले बगैर सिकुड़कर खड़ा रहा। उसके चेहरे को पास से देखने और उस पर चमकते मिटते जाने वाले भावों को पढ़ लेने की देवी ने कोशिश नहीं की। वह बक रही थी:

'फिर तुम्हारा बीज मेरे उदर में उग आया। तुम एक शिशु बनकर मेरे उदर में हाथ-पैर हिलाने लगे। गर्भपात्र की दीवारों में सिर मारकर मुक्ति के लिए रोये। उन सभी सन्दर्भों में क्रूर संतृप्ति के साथ तुम्हारे द्वारा सम्मानित भ्रूण को मैंने अनुशासन में रखा। लेकिन मैंने कभी भी उसका नाश नहीं किया। तुम्हारी कायरता का, तुमने मुझे जो धोखा दिया उन सबका प्रमाण बनकर उसको बड़ा होना है, यही मैंने चाहा। याद है, जब मैंने कहा था कि मेरे

उदर में एक छोटा-सा अंकुर है तो तुम फट पड़े। तुमने सोचा होगा कि तुम्हारे अन्दर उसकी क्षमता नहीं है, एक जार द्वारा ही यह होगा। होने दे। मेरे जीवन के बिगड़ने और तुमको शुरू से मुझे लेकर जो संशय थे उन सबके बढ़ने, तुम्हारे लिए और मेरे लिए अज्ञात पाण्डवपुरम के अनेक जार हेतु बने होंगे। उन्हें मैं नहीं जानती, यह सुनकर तुम्हें विश्वास नहीं आया होगा, है न? तुमने ही कई बार कहकर मेरे मन में उन्हें बिठाया। अब वे मेरे लिए बहुत परिचित हो गए हैं। जार के चमकते चेहरे और उसकी आसक्ति भरी घूरती निगाहों वाले अनेक युवक रोज़ ही मेरे सामने से कतार में जाते थे। उनके शरीर का छोटा सा फरक, यहाँ तक उनकी अलग-अलग बू तक अब मैं अलग से जानती हूँ। उनमें से एक को मैं आवाहन करके इधर ले आयी हूँ। क्या आश्चर्य कि वह यहीं हो। इस घर में पास के कमरे में...'

मार खाकर छटपटाते साँप के फन समान, कोने की छाया थोड़ी हिली। कुंञिक्कुट्टन की धीमी आवाज़ देवी ने सुनी।

'तुम क्यों ये सब बकती हो? जो हो गया सो हो गया। उसके स्वर में आत्मविश्वास बिलकुल नहीं था। वह कमज़ोरी उसे बहुत अच्छी लगी। ज़ोर-ज़ोर से ठहाका मारकर हँसने का उसका मन हुआ। कुंञुण्णिमामा को गिराए 'पालवृक्ष'[१] के नीचे की 'यक्षी'[२] के समान बाल खोलकर ठठाकर हँसने को लगा।

उसने बात ज़ारी की :

तुम सोचते हो कि मैं क्यों ये सब बोल रही हूँ? तुमको सुनना है। तुम्हें समझना चाहिए कि तुमने मेरी जिस हार का निर्णय लिया उसे मैंने कैसे जीत में परिणत किया। तुमने जिनको संशय के साथ देखा, शायद ईर्ष्या के साथ हो, पाण्डवपुरम के उन सब जारों को एक-एक करके मैं इस घर में, इस कमरे में आवाहन कर ले आऊँगी। फिर उनके अहं के, पौरुष के फन पर ज़ोर-ज़ोर से गिन गिन कर लात मारकर गिराऊँगी...

देवी को लगा कि वह चौंक रहा है। एक एक शब्द ज़ोर की लात समान अपने माथे पर लगती महसूस कर रहा है।

'तुम कायर हो।' वह वाक्य बार-बार उसने कहना चाहा।

वह बोलता तक नहीं। देवी को लगा कि मकड़ी का जाल लटकते उस कोने में जब वह सिमटता है तब ज़ोर से वह हाँफता है। अत्यन्त निर्मम आह्लाद के साथ उसने बात ज़ारी रखी:

'तुम अब मुझे चाहते हो। छिपाना मत। मैंने वह समझ लिया। सालों बाद बारिश में भीगी रात में लुकते-छिपते, किसी को पता न चले, इस तरह तुमने मेरी खिड़की को

१. पालवृक्ष - यह एक प्रकार का वृक्ष है, जिसके सफेद फूलों की गन्ध प्रसिद्ध है। केरल में ऐसा विश्वास है कि इस वृक्ष में यक्षी वास करती है।

२. यक्षी - स्त्री पिशाच।

खटखटाया। उसका लक्ष्य और कुछ नहीं होगा। तुम क्यों पति का अधिकार नष्ट कर जार की परेशानी से चारों ओर देखकर मुझसे जल्दी दरवाज़ा खोलने के लिए कहते हो। वह भी और कुछ के लिए नहीं होगा। जब तुम आ गए तब से तुम्हारी आँखों में प्रकट दीनता भरी आसक्ति मैं देख रही थी। तुमको यदि मोह है तो मैं एक आसान मार्ग बता दूँगी।'

'मेरे सामने से होकर कतार में जाने वाले जारों में तुम्हें भी एक जगह दे दूँगी। लेकिन, एक शर्त पर। तुम्हारी जगह सबसे पीछे होगी। एक पुराना पति होने पर भी क्यू के लिए जो कानून हैं उनका पालन तुम्हें भी करना है...'

देवी ने जो कहा उसका रस लेते हुए देवी खुद मन ही मन हँस रही थी। बाद में वह ठहाका बन गई। हँसते-हँसते जब थक गई, तब ज़रा रुकी। थोड़ी देर के बाद फिर से शुरू किया। पालवृक्ष की यक्षी क्या इस प्रकार ही हँसती है? उसको कीले बिना किसने परिवार की छत्त के नीचे प्रतिष्ठित किया?

अट्टमकुलंगरा मन्दिर में जब कुंञुण्णिमामा कथकली देख रहा था तो जल्दी याद आयी कि घर में पूर्ण गर्भवती अम्मुक्कुट्टी अकेली है। जाते वक्त कुछ खास बात नहीं थी। कथकली के प्रति विशेष मोह के कारण बिना सोचे समझे वह घर से निकल पड़ा था। लेकिन जब लगता है कि कुछ गड़बड़ी है। चौंक उठा। सहायक रामन नायर साथ आने को जब तैयार हुआ तब उसने रोका। कथकली अच्छी चल रही है। इसलिए रामन को पूरा देखकर आना काफी है। फिर नारियल के सूखे पत्ते की मशाल लेकर जल्दबाजी में घर की ओर चल पड़ा। चलते चलते भगवती के मन्दिर के पास जब पहुँचा तब पालवृक्ष के फूल की गन्ध नाकों में घुस गई। जाते वक्त पालवृक्ष में फूल नहीं था, उसको आश्चर्य हुआ। कुंञिक्कुट्टन ने धीरे-धीरे धुँधली रोशनी में दो कदम रखे।

'क्या, जा रहे हो?' देवी ने परिहास के साथ पूछा।

उसने कुछ बोलने की कोशिश की। लेकिन स्पष्ट नहीं था।

'तब तुम क्यों आए हो?' देवी की भौंहें टेढ़ी हो गईं। तब भी होठों के कोनों में विकृत एक हँसी थी।

'इसलिए आया... इसलिए आया...' उसने हकलाया: 'देवी को ज़रा देखने के लिए।'

'तब तो काली के काव में जा सकते हो तुम?'

देवी ने ठहाका मारा। उसने निष्ठुर आह्लाद के साथ देखा कि कुंञिक्कुट्टन का चेहरा पीला पड़ गया है।

'कुंञिण्णिमामा तीन दिनों तक बुखार से लेटा रहा। लाल चेहरे पर डर के अंकुर प्रकट हुए थे। धुँधले नयनों में कोई अज्ञात भय छाया हुआ था। ढीले नयनों के चारों ओर रेखाएँ पड़ी थीं। नींद में कई बार चौंक उठा। गिरने के बाद एक अक्षर भी नहीं बोला। थोड़ा खुला मुँह कभी भी बन्द नहीं किया। जामादों ने साँसें एक-एक करके गिनीं। अन्त में सूखे

होंठों के बीच से गंगाजल की बूँदें दी गईं...'

'कुंञुण्णिमामा के बड़े मामा ने एक लड़की की इज़्ज़त लूट ली थी। कहा जाता है कि उस लड़की ने कुंञिण्णिमामा को फँसाया। फिर उसने ही परिवार की छत पर डेरा डाला था...'

दो कदम और आगे बढ़ाते हुए कुंञिक्कुट्टन ने देवी के चेहरे पर संशय के साथ देखा। वह डर गया होगा कि किसी भी क्षण में देवी उसके सामने खड़े होकर उसका रास्ता रोक लेगी। देवी के नयन उसको उतार रहे थे। वह अब रोशनी में है। कितनी जल्दी वह बूढ़ा हो गया। माथे के बहुत से बाल गिर चुके थे। बाल पतले हो गये। उनमें कहीं-कहीं सफेद बाल दिखाई देते हैं। चेहरे की त्वचा की चमक मिट गयी। चलते वक्त बाईं तरफ ज़रा झुक जाता है। कितना बदल गया! देवी को उस पर अब दया आयी। सब भूलकर, सब दबाकर पूछने को लगीः कुंञुट्टेट्टन कैसे हैं? अब तक कहाँ थे? इधर-उधर घूमे फिरे थक गये? मुझसे जो किया वे सब मैं भूल सकूँगी। लेकिन यह कैसा रूप है?

कुंञिक्कुट्टन उसकी आँखों का सामना किए बिना दरवाज़े की ओर चलने लगा था।

जल्दी किसी ने दरवाज़े पर खटखटाया। कुंञिक्कुट्टन खम्भे जैसा वहाँ खड़ा हो गया। डर से काँपती आँखों से देवी की ओर देखा।

'श्यामला होगी।' देवी बोलीः 'उसकी दृष्टि में तुम मत पड़ो, देखो, इस खिड़की से बाहर जाओ। किसी को पता न होगा।' उसने लोहे के बाहर लगाई खिड़की की ओर इशारा किया।

दरवाज़ा धकेलकर खोलते हुए श्यामला आ गई।

'भाभी किससे बात कर रही थी?' उसने आश्चर्य के साथ पूछा।

देवी ने उस ओर देखा जहाँ वह खड़ा था। वह खिड़की से निकल गया था।

'तेरे भाई से।' देवी ने शान्त स्वर में कहा।

'कुंञुट्टेट्टन से?' श्यामला को यकीन न आया।

'भाई कब आया। मुझे पता नहीं हुआ। तो कहाँ गया?'

'देखो, यहाँ से गया।' देवी ने खिड़की की ओर इशारा किया।

'भाभी को हमेशा खेल तमाशा सूझता है।' श्यामला हँसते हुए बिस्तर को ठीक कर बिछाने लगी। 'आवाज़ सुनने पर, मैंने सोचा रात को यहाँ कौन आया है?'

'वह मेरा पति था, तेरा भाई।' देवी ने कहाः

'और भी कई लोग आने वाले हैं। तेरा उनसे परिचय नहीं होगा। वे पाण्डवपुरम के जार हैं। डरने की बात नहीं। उनका आवाहन कर ले आना चाहती हूँ मैं।'

'क्यों?' श्यामला हँसी नहीं रोक सकी।

'वो सब तू समझ नहीं सकती। मुझे पगली समझेगी। लेकिन जब मेरी जैसी स्थिति में

आएगी तब तू सब समझ सकेगी।'

'बहुत देर हो गई। बिजली बन्द करूँ?' श्यामला ने पूछा।

देवी ने 'हाँ' कर दिया।

नींद आए बगैर लेटते वक्त देवी के मन में युवाओं का एक संघ कतार में कदम पर कदम बढ़ाकर जा रहा था– पाण्डवपुरम के जार!

सत्रह

दहलीज पार कर दो लोगों को आते देख देवी खम्भे की बगल में खड़ी हो गई। गेरुए खद्दर का कुर्ता पहने सफेद बालों वाला एक आदमी। दूसरा काला मोटा तगड़ा एक युवा है। युवा ने देवी के पूरे शरीर पर घूरती आँखें दौड़ायीं। फिर उसने दूसरे से कुछ बुदबुदाया। फिर गम्भीर भाव से पूछाः

'यहाँ अम्मालु अम्मा नहीं है क्या?'

'नानी अन्दर है?'

'ज़रा बुलाओ।'

'तबीयत ठीक न होने से लेट रही है।'

'फिर भी ज़रा बुलाओ। एक ज़रूरी बात करनी है।'

'उनसे क्या बोलूँ कि कौन आया है?' युवक थोड़ा बेचैन हो गया। मूँछ का छोर रगड़ते हुए वह तेज स्वर में बोलाः

'वो सब हम बोलेंगे। ज़रा बुलाना काफी है।'

'नानी सुनती नहीं।'

'मैं उसको सुना दूँगा।'

देवी ने संशय प्रकट किया।

'मैंने तुम्हें पहचाना नहीं।'

'वो सब समझ में आ जाएगा।' युवक गुर्रायाः 'तुमसे लड़ने का समय नहीं। हमें बहुत से काम पड़े हुए हैं। उसके बीच यह मुसीबत आ गई है। इस गाँव में पले बढ़े होने से हम ने सोचा कि अम्मालु अम्मा से दो शब्द बोलने के बाद शेष बातें करेंगे। इसके लिए हम आ गए।'

देवी थोड़ा अनुमान कर सकी। आखिर वे आन निकले हैं। गाँव के लड़के। गाँव के सदाचार सब बिगड़ गये हैं न? उसे बचाने का दायित्व उनका है। जो हँसी आई उसे दबाते हुए आगे की ओर बढ़ी।

'तब तुम लोग...?' देवी ने पुनः पूछाः 'परिचय देना तमीज है।'

युवक गुस्से से कुछ कहने लगा तो कुर्ताधारी ने उसे रोककर कहा :

'यह रामकृष्णन नायर। मेरा नाम अच्चु कुरुप। मुझे टीचर जानती होंगी?'

'जानती हूँ। अब तुम्हारे आने का उद्देश्य मैं समझ गई।'

'बहुत अच्छा।' रामकृष्णन नायर ने परिहास के स्वर में कहा: 'सब बयान करने की ज़रूरत नहीं है, न। कहना ही पड़े तो वह सुनाने लायक भी तो नहीं।'

'उण्णिमेनोन मास्टर ने भेजा होगा?'

'उनको कहने की ज़रूरत नहीं है। उसके कहे बगैर ही सब बातें गाँव में फैल गई हैं।'

'गाँव के लोगों को करने के लिए और कोई रसीली बात नहीं है क्या?'

रामकृष्णन नायर ने अर्थ भरी दृष्टि से सिर हिलाते हुए कुरुप की ओर देखा।

'कुरुप भय्या मैंने कहा है न, यही है चीज़। गाँव भर के लोगों के कहने पर भी कुरुप भय्या ने विश्वास नहीं किया। अब, देखिए? लुगाई की बदतमीज़ी।'

कुरुप भय्या ने लम्बी साँस ली :

'कलरीप्पाडम परिवार की खुशहाली को जिन्होंने देखा है वे ऐसी कोई बात सोच भी नहीं सकते।' कुरुप भैय्या ने दुःख के साथ कहा:

'अरे लड़की, धन-दौलत के चले जाने पर भी पीढ़ियों से बुजुर्गों द्वारा बनाई गई जो पारिवारिक मान-मर्यादा है, वह तेरे द्वारा बरबाद की जाए तो, इससे ज़्यादा...'

देवी जल्दी झुंझला उठी :

'मैंने क्या किया?'

'वे सब हमें बोलने की ज़रूरत नहीं है, तुम्हें मालूम है। कम से कम उस उण्णिमेनोन मास्टर के बारे में सोचना तो काफी है। वे अब बाहर जाते हुए भी शर्माते हैं।

रामकृष्णन नायर को कुरुप भय्या की ऐसी सरल बातें अच्छी नहीं लगीं। थूकते हुए वह बोला:

'कुरुप भय्या, ऐसी वैसी बातें कहकर समय बरबाद करने से कोई फायदा नहीं है। हमारे लिए बात बिलकुल सीधी है। यह काम इस गाँव में नहीं चलेगा। कलरिप्पाडम परिवार की इज्जत, मेरे लिए कुछ भी नहीं। वह तुम्हारा अपना मामला है। लेकिन एक नायर स्त्री बिगड़ गई तो उसकी शरम यहाँ के सभी नायर युवकों को आती है। जब तक हम इस गाँव में रहेंगे तब तक यह नहीं होने देंगे।'

'कौन-सी नायर स्त्री बिगड़ गई?' देवी ने हिम्मत के साथ पूछा।

'सुनो देवियम्मा।' रामकृष्णन नायर ने धमकी के स्वर में कहा। 'मनमानेपन की अपनी सीमा होती है। कहा जाता है कि स्त्रियाँ मनमाना करती हैं तो, झाड़ू से मारना चाहिएं। तुम इस गाँव की नहीं हो। फिर क्यों यहाँ आकर ऐसा करती हो?'

'मैं खुद आयी नहीं, मुझे ले आये।'

'तबसे उसका पतन शुरू हुआ। एक बेचारा लड़का था। उसके गए मार्ग पर फिर घास भी नहीं उगी।'

'रामकृष्णन नायर, कुछ स्त्रियाँ वैसी ही हैं।' कुरुप भैया ने कहा: 'उनके साथ रहने वाले पुरुष बरबाद हो जाएँगे।'

'देवी ने जान लिया कि उसके भीतर गुस्सा फनफनाकर आ रहा है। सबके सब नष्ट होने के बाद, खत्म होने के बाद मेरी ज़िन्दगी को बरबाद करने के बाद, उसकी तारीफ करने के लिए भी लोग हैं। गलती हमेशा स्त्री की है। पुरुष सब पवित्र हैं।' उसे लगा कि उन दोनों नेताओं के मुख पर थूक दे। गुस्से को उसने बहुत मुश्किल से रोका।

'इसलिए...' रामकृष्णन नायर जल्दी में था: 'आखिरी तौर पर चेतावनी देने के लिए हम आए हैं। इसको लेकर हम कोलाहल मचाना नहीं चाहते। इसलिए मेनोन भय्या के द्वारा हमने पहले कहलवाया था। एक बार नहीं, कई बार, कोई फायदा नहीं हुआ।'

'उसने मुझसे कुछ कहा नहीं।'

'उन्होंने कसम खाई है कि इस आँगन में पैर नहीं रखेंगे। फिर कैसे? आपमें से कोई ऐसे काम के लिए तुली हुई है तो हम जैसे सज्जन यहाँ कैसे जियेंगे।'

'सज्जनता!' देवी को हँसी आयी। 'दिन में सब सज्जन हैं। दिन के ढलने पर सज्जनता का आवरण हट जाता है। उसको मालूम है, इस आँगन में पैर रखे तो मैं झाड़ू से मारूँगी। कसम खाने का कारण भी वही है।'

'वह कुछ भी हो। वो सब आप लोगों का मामला।' रामकृष्णन नायर बोला: 'मुझे कहने के लिए इतना तो काफी है। अंतिम चेतावनी है। कल सुबह से वह यहाँ दिखाई नहीं देना चाहिए।'

'दिखाई है देता तो...?'

'फिर क्या करना है, यह मुझे मालूम है। इससे बड़े गर्वीलों को मैंने देखा है। परदेशी लोग यहाँ आकर बदमाशी करे यह हम होने नहीं देंगे। यह बिजनेस तो अपने देश में चलाना।'

रामकृष्णन नायर और भी कुछ कहने जा रहा था। उसे रोकते हुए कुरुप भय्या ने थोड़े मुलायम स्वर में कहा:

'आज रात ही उसे यहाँ से निकाल देना अच्छा है। रात में जाता है तो किसी को पता भी नहीं चलेगा। आखिरी बस शायद नौ बजे की होगी। उसे पकड़कर शहर पहुँच सकेगा। यही तो अच्छा है। यह सब इतना ही है। बेटी, तुम तो छोटी हो न? कुछ समय के बाद लोग ये सब भूल जाएँगे। छोटी उम्र में लोग क्या-क्या करते हैं।

रामकृष्णन नायर चलने लगा था।

'हम जा रहे हैं।' मुड़कर उसने कड़े स्वर में कहा: 'जो कहा वह याद है न?'

देवी कुछ बोली नहीं। उसको कुछ भी सूझा नहीं। परिवार और समुदाय के मान सम्मान को बचाने के लिए वे कितने कष्ट उठाते हैं, यह सोचकर उसे हँसी आई। बेचारे नेता लोग।

जब उसने मुड़कर देखा तब वह वहाँ खड़ा हुआ था।

'वे कौन हैं?' उसने पूछा।

'इस गाँव के नेता, समुदाय के सदाचार के रखवाले हैं वे।'

'उन्होंने क्या कहा?'

'उन्होंने कई बातें कहीं।' देवी ने आनाकानी से कहा: 'मैंने उन पर उतना ध्यान नहीं दिया। मेरे बारे में नहीं है तो मैं क्यों ध्यान दूँ?'

उसने अर्थभरा 'हाँ' किया।

रसोई में श्यामला खड़ी रो रही थी, उसकी आँखें रो-रोकर लाल हो गई थीं। देवी ने अचरज के साथ देखा। उसने पहली बार उसे रोते हुए देखा। घृणा, निराश्रयता, दुःख आदि का एक मिश्रित आवरण उसके चेहरे पर लगा हुआ था।

देवी को देखते ही उसने जल्दी ही हथेली से चेहरा पोंछ लिया।

'बेटी, क्या हुआ' देवी ने पूछा।

श्यामला ने जल्दी जवाब नहीं दिया। उसके चेहरे पर गुस्सा फैलते हुए देवी ने देखा।

थोड़ी देर के बाद उसने पूछा:

'भाभी क्या करने जा रही हैं?'

'क्या है?'

'भाभी से तर्क करने योग्य मैं नहीं हूँ। आपको उपदेश देने योग्य भी नहीं हूँ। लेकिन, एक बात याद रखो, एक दिन यह आदमी जैसे आया वैसे चला जाएगा। उसके बाद भी हमें इस गाँव में जीना है न?'

'ज़रूर।'

'उसके लिए सबको दुश्मन बनाना ज़रूरी है?'

'मैंने किसी को दुश्मन नहीं बनाया है। लेकिन, किसी को दुश्मन बनना ज़रूरी है तो मैं क्या करूँ? मैं अपनी बातों पर ही ध्यान देती हूँ, और किसी के मामले में दखल देती नहीं हूँ श्यामला सहित। फिर दूसरे लोग मेरी बातों में क्यों दखल दें?'

'भाभी से मैं तर्क करने को उत्सुक नहीं। भाभी का स्वभाव मुझे मालूम है।' थोड़ा रुकने के बाद ज़ोर से बोली: 'इस घर में बैठकर मेरा दम घुट रहा है। अभिशप्त घर है। कई दिनों से शान्त होकर सोई भी नहीं हूँ। आँखें बन्द करते ही डरावने सपने देखने लगती हूँ। मैं थक गई। ऐसा है तो एक दिन मैं भी यहाँ से चली जाऊँगी।'

'श्यामला, तुम मूर्ख बन रही हो।'

'मैं थक गई, भाभी। दूसरों के शब्दबाण सुनते-सुनते कब तक जिऊँगी। गरीबी में जीने को मैं तैयार हूँ। लेकिन शान्ति के बगैर...'

देवी को उसपर दया आई। उसके कंधे पर हाथ रखते हुए देवी ने कहा:

'बेटा, तू जो कुछ कहती है, वह मैं समझ सकती हूँ। लेकिन बेटा, तू मुझ पर विश्वास कर। मेरे और उस आदमी के बीच आप लोग जैसा सोचते हैं, वैसा कोई रिश्ता नहीं है। लेकिन उससे बड़ा एक रिश्ता है। वह श्यामला की समझ से परे है। सालों से मैं उसके इंतज़ार में थी। उसके आगमन के लिए ही मैं ज़िन्दा रही। व्रत लेकर, वशीकरण मंत्र जपकर, आवाहन कर उसे यहाँ मैं ले आई। मेरा उद्देश्य केवल उसे हराना था। उसके गर्व को तहस-नहस करना था। मैं उससे घृणा करती हूँ। सभी पुरुषों से मुझे घृणा है। तेरे कुंञुट्टेट्टन सहित।'

'तो उसे हराया क्या?' श्यामला ने परिहास भरी आवाज़ में पूछा।

'नहीं।' देवी ने कहा: 'वह रेत में सिर गड़ाकर अधीन हो गया; खुद हार गया।'

जल्दी उसकी आवाज़ पुनः सघन हो गयी। चेहरे पर गम्भीरता फैली। जज़्बे में कहा: 'लेकिन, अब भी देरी नहीं हुई। मैं उसको जाने नहीं दूँगी। उसके पुरुषत्व के गर्व को और भी जगाऊँगी। फिर गिन-गिनकर ज़ोर-ज़ोर से लात मारूँगी। लात मार-मारकर उसका गर्व कीचड़ में डुबा दूँगी।'

अपने कमरे में बैठते हुए उसने सुन लिया। वह चौंक गया। वह पुरानी रात एक दुःस्वप्न समान अब भी आँखों के सामने है। क्या उसकी पुनरावृत्ति होगी? कमरे में चलते हुए डर से याद किया। क्यों मैं इस नरक में आ गया? किस बुरी शक्ति ने काली रस्सी फेंककर फँसाया, कौन खींचकर मुझे ले आया?

'क्यों? क्यों?'

'किसी भी निर्णय पर पहुँचे बिना वह बार-बार इधर से उधर टहलता रहा। हल्के काले फर्श पर उसकी पद छाप पड़ गई। काँटे के बाड़े के उस पार खेती के बीच की झोंपड़ियों में दीप दिपदिपाने लगे। आकाश में क्षीरपथ प्रकट हुआ। पदस्वन के साथ रात आ गई। इस कमरे में यह मेरी अन्तिम रात है। उसने सोचा: कल सुबह शोरगुल के साथ एक संघ आएगा। आँगन में खड़े होकर चुनौती देगा। स्त्रियों के समान अन्दर छिप बैठे बिना बाहर आ जा, यदि हिम्मत है तो! चार-पाँच आदमियों का सामना करने के लिए यह शरीर काफी है। लेकिन, पागल बनकर गरजती भीड़ का सामना कैसे करूँगा? वे पागल तरंगों के समान अन्दर घुस आएँगे। मुझे खींचकर बाहर निकालेंगे। नगाड़े के साथ बाजा बजाकर भीड़ के बीच से मुझे खींचकर सड़क पर ले जाकर छोड़ देंगे।

पहले जो हिम्मत मैंने महसूस की अब वह भी नहीं है। उस भयानक रात में जो हार हुई उसके बाद सभी ताकतें बर्फ के टुकड़ों के समान पिघल गईं। गाँव के गर्वीलों को जिस

हाथ ने चुनौती दी उसको अब पिशाच के समान शरीर पर खरोंचती जाती स्त्री को अलग करने की शक्ति भी नहीं है।

बचना है, यहाँ से बचना है। इस रात में ही। उसने कई बार रटकर पढ़ा। हर बार रटते समय उसका आत्मविश्वास कम होता जा रहा है। अन्त में उसको मालूम हुआ कि उस में वह शक्ति नहीं है। इस कमरे के चारों ओर उसके जादू का जाल है। इस घर के चारों ओर भी है। उसे लाँघने की ताकत मुझमें नहीं है। यह कमरा अपना कारागृह है। उसका गुलाम बनकर जन्म भर इसमें रहना पड़ेगा। कई रातों में यक्षी बनकर खुले बालों से, लाल वस्त्र पहनकर, सिन्दूर फैले चेहरे और लाल जीभ के साथ मुझ पर आक्रमण करेगी। अपने शरीर को खरोंचेगी, मुझे गुलाम बनाने की कोशिश करेगी।

इस प्रकार इन चहारदीवारों के अन्दर रहकर धीरे-धीरे अपना शरीर सड़कर पीला बन जाएगा। फिर धूल बनने लगेगा। हल्की हवा में मनुष्य गन्ध वाली धूली इस फर्श पर बिखर जाएगी।

आखिर उस धूल पर पद छाप डालते हुए एक स्वस्थ युवक आ जाएगा, पाण्डवपुरम का दूसरा जार। वह उसको भी जादू से खींच लेगी। हरायेगी। समय के चले जाने पर वह भी धूल बनेगा। इस कमरे में कई गन्धों वाली धूलों का ढेर लग जाएगा। विविध आकार की हड्डियाँ बिखर जायेंगी। उसके बीच खुले बाल और हाथ में खोपड़ी लेकर वह चामुण्डी के समान नाचेगी।

सोचते-सोचते वह ज़्यादा थकता जा रहा था। पाण्डवपुरम की मायावी दुनिया स्मृतियों से मिट गई थी। झूठे और अनेक सपनों के अम्बार में, वह भी धूली के आवरण में मिट गया। अब आँखों के सामने एक ही सत्य है। जादू का यह जाल जिसको लाँघना नामुमकिन है। उसको संचालित करने वाली देवी। उसकी लम्बी उँगलियाँ, खून निकलते नुकीले नख। देवी को अब गीदड़ का चेहरा है। खून रंग की चोंचों के बीच में तावीज के समान लटकता प्राण है मेरा।

उसका मन ज़ोर से रोने को हुआ। वह प्रार्थना करने लगा।

बाहर आकाश का आवरण बनकर काले मेघ घुमड़ पड़े। ताड़वृक्ष के बीच में बिजली कौंधी, कड़कड़ायी। बिजली की विकृत चमक में बड़ी चट्टानों की घाटियों में ताड़ के पेड़ हिले-डुले। पालवृक्ष के नीचे जो सर्प सो रहे थे वे चौंक उठकर सीत्कार करने लगे। सर्प के विष और पालवृक्ष के फूल की गन्ध भरी हवा के झोंकों ने खिड़कियों को फटफटाया।

श्वेत कंकड़ों के समान खपरैल के ऊपर बारिश की बूँदें गिर पड़ीं।

जल्दी, उसने देखा, बिजली की चमक में सँकरी गली के आरम्भ में एक काला रूप हिल रहा है। उसने चौंककर सोचाः

वह!

मेरे बाद जिसे आना है। मेरे बाद इस कमरे में सड़कर धूल बनने वाला।

उसको रास्ता देना है। वही है मेरा रक्षक। वह खिड़की पर चेहरा दबाते हुए बारिश से, हवा से, बिजली की कौंध से चिल्लाया। रोना गले तक आया। गला सूखा था।

बड़ी देर के बाद, सबके सब समाप्त होने पर, फर्श पर आसन मारकर थोड़े समय तक आँखें मूँद कर बैठा रहा।

फिर जल्दी पेटी तैयार करने लगा।

अठारह

हल्की ठण्ड में आँखें खुलीं तो देवी ने चारों ओर देखा। सुबह की धूप फैल गयी थी। पास के बिस्तर पर कोई नहीं है। वह झट से उठकर रसोई की ओर चली। श्यामला फर्श पर बैठकर चाय पी रही है। पास में रघु भी है।

'माँ बहुत सोई।' रघु बोला।

'उमिक्करी'[१] लेकर दाँत साफ करने लगी तो देवी ने श्यामला से पूछा :

'सो गई, उस आदमी को चाय दी?'

'किसको?' श्यामला ने पूछा।

'उस कमरे के आदमी को।'

श्यामला आश्चर्य के साथ आँखें फाड़कर देखती है:

'उस कमरे में कौन है?'

देवी को गुस्सा आयाः

'क्या सुबह-सुबह होश चला गया? वह उठते ही चाय पीता है, पता नहीं है तुम्हें?'

रघु को हँसी आयी।

'माँ किसकी बात कर रही है?'

'भाभी ने कोई सपना देखा होगा।'

'तुम दोनों मिलकर मज़ाक कर रहे हो। वह वहाँ नहीं है? वह चला गया है क्या?'

वह मुख धोए बिना उसके कमरे की ओर भाग गई।

कमरा खुला पड़ा है। लकड़ी की पेटी और तहकर रखी चटाई दोनों उसी जगह पर ही हैं। कमरे में कोई नहीं।

वह कहाँ गया?

वह परेशान होकर वापस आई।

'वह... क्या वह चला गया, किसी से बोले बगैर?'

'भाभी किसकी बात कर रही हैं?'

---

१. उमिक्करी - चावल के चूरे को जलाकर जो कालिख बनता है उससे केरल के लोग दाँत साफ करते हैं।

'पाण्डवपुरम से जो आया था।'

'पाण्डवपुरम। वह कौन सी जगह है?' श्यामला मुँह फाड़े खड़ी थी : 'क्या वहाँ से कोई आया था?'

श्यामला ने अविश्वास के साथ देवी के चेहरे को घूरकर देखा। रघु तो मुँह फाड़े बैठा रहा।

कहीं, कोई गड़बड़ी है, देवी को लगा। कल रात उस लम्बी बारिश के बाद, वह पेटी लेकर चला गया होगा।

लेकिन कैसे?

वह कैसे मेरे मायाजाल को पार कर सका? देवी ने जल्दी ही मुख धोया। घर के सामने के बरामदे में आयी। भीगी मिट्टी की तरफ घूरकर देखा। वहाँ कहीं भी पदचिह्न नहीं है। ऊपर से पानी जहाँ गिरता है वहाँ कल उसके द्वारा फेंके गए सिगार के टुकड़े दिखाई नहीं देते। निर्मल आकाश के नीचे 'वृश्चिक'[१] महीने की ठंडी हवा बह रही है।

'फिर भी, फिर भी...'

जाने के पहले मुझसे कम से कम बोल सकता था।

क्या मुझसे डरकर भाग गया? या आज सुबह गाँव वाले आकर बाहर करेंगे इस डर से भाग गया है?

रघु पीछे खम्भे को पकड़े हुए उसको ध्यान से देख रहा था। उसने पूछाः 'माँ क्या देख रही है?'

रास्ते से होकर मछली की टोकरी लेकर 'अरयत्ति' स्त्रियाँ उत्तर की ओर जा रही हैं।

'भाभी...।' श्यामला ने उसे हिलाया।

'भाभी को क्या हुआ?' श्यामला के कन्धे पर हाथ रखते हुए, आँखों की ओर देखते हुए उसने कहाः

'श्यामला, सत्य बोलना। क्या तेरी जानकारी में वह भाग गया?'

'भाभी जो कहती हैं वह मेरी समझ में नहीं आ रही है। यहाँ कोई भी नहीं आया।'

'पाण्डवपुरम से, कुंञुट्टेट्टन जहाँ नौकरी करता था वहाँ से, एक आदमी यहाँ आया था न? धुँधले रंग का दृढ़ शरीर का?'

'नहीं।'

'वह हमारे उत्तर के कमरे में कुछ दिनों तक ठहरा है न?'

'भाभी, क्या क्या बोलती है? हे ईश्वर...'

'जाने दो, अब मैं सब समझ सकती हूँ। जाने के पहले उससे सम्बन्धित सारी

१.'वृश्चिक' महीना - मलयालम वर्ष है कोल्लवर्ष। कोल्लवर्ष का चौथा महीना है वृश्चिक। उस महीने में केरल में सुबह ठंड होती है। उस समय की ठंडी हवा प्रसिद्ध है।

जानकारियाँ उसने तुम लोगों से मिटा दीं। तुम लोग कभी उसकी याद भी नहीं कर पाओगे। लेकिन, मुझे याद है, सबकी अच्छी याद है। एक पैर पर तपस्या करके ही मैं उसे इस ओर ले आयी थी। वह भी कितने दिनों के इन्तज़ार के बाद...'

'क्या भाभी उसे जानती थी?'

'हाँ। पाण्डवपुरम में हमारे क्वार्टर के पास वाले घर में वह रहता था। कुंञुट्टेट्टन जब घर में नहीं होता था उन रातों में खिड़की के पास सिगार पीते हुए मेरे शयनकक्ष की ओर झाँककर देखता था। बाद में हम परिचित हो गए। कैसा है, पता नहीं, बहुत निकट आ गए। कहने में दुःख होता है कि वह कई प्रकार की थी...। कुंञुट्टेट्टन से छिपाकर हम दोनों शाम को टहलने गए थे। रेलपटरियाँ पार कर, घास वाले मैदान को पार कर, ऑरेंज के बगीचे के बीच से तुहिन कणों से भीगे रास्ते से होकर, हम हाथ से हाथ मिलाकर टहलते थे। मुझे वह पसन्द था।'

'तब क्या', श्यामला ने आश्चर्य से कहा: 'भाभी पाण्डवपुरम कभी गई नहीं हैं। इस घर को छोड़कर कहीं नहीं गई हैं न?'

'श्...' देवी ने होंठों पर उँगली रखकर रोका:

'मैंने जितना प्यार किया उसका एक प्रतिशत भी उसने मुझे वापस नहीं दिया। वह एक कायर एवं स्वार्थी था। मेरे पास आते ही वह डर से पीछे हट जाता था। एक जार की ईर्ष्या तक उसके चेहरे पर कभी भी दिखाई नहीं दी। उसे मैं कभी भी समझ नहीं पाई। लेकिन कुंञुट्टेट्टन को गलतफहमी हुई। मुझे बाहर कर दिया। तब... तब मुझे स्वीकार करने के लिए मेरा प्रेमी तैयार नहीं हुआ। वह डरपोक था।'

'भाभी...' श्यामला ने दुःख के साथ पुकारा : 'क्या-क्या बक रही हैं? कहाँ से मिली ये झूठी कहानियाँ?

उसे अनसुना कर देवी ने जज़्बे में कहा:

'वैसे मैं इधर आई। मेरे दिल में तब भी वह ही था। रात में नींद आए बगैर आँखें फाड़े जब लेटती थी, हवा में सूखे पत्ते के हिलने की आवाज़ सुनती थी तब मैं उसके पदस्वर सुनने के लिए कान लगाकर रहती थी। कई साल बीत गए। वह मुझे ढूँढ़ने नहीं आया। धीरे-धीरे मेरे दिल में उनके प्रति जो भी दया हो वह सूख गई। मैं उससे घृणा करने लगी। मुझे उससे प्रतिशोध की भावना तीव्र हो गई। उसका आवाहन कर इस घर की चारों दीवारों के अन्दर ले आयी। उसके गर्व के फन पर ज़ोर-ज़ोर से लात मारकर, हराकर, खुद उसे जीर्ण होने दिया और उस धूल को मेरे माथे पर लगाना चाहा। इस प्रकार मैंने अपनी तपस्या शुरू की... आदि और अन्तहीन तपस्या।'

दुःख के साथ देवी ने पूछा:

'उसे इतनी जल्दी तू भूल गई क्या? उस कमरे में कितने दिनों तक वह हमारे साथ रहे थे।'

'उसको और कुछ कहने के लिए नहीं सूझ रहा था। कहीं अतल से कोई एक कराहता स्वर उभर आया। गला रुक गया। मुझसे यह धोखा क्यों? व्रत लेकर इन्तज़ार करते-करते जाल बुनकर, आकृष्ट कर तुम्हें ले आई। फिर मुझे अकेले छोड़कर जब चला गया तब तुमने अपने पदचिह्नों को भी मिटा दिया है। तुम्हारा यहाँ आना, रहना सब आगे कोई याद नहीं करेगा। वे सब जलरेखा समान मिट गये हैं।'

कुछ भी बोले बिना श्यामला को आँखें पोंछते अन्दर जाते देख देवी को हँसी आयी। बेचारी। उसके अनुभव को उसने पोंछकर मिटा दिया।

बस स्टैंड पर कुरुप भय्या से मिली। वह छतरी और बैग को काँख में दबाकर पान की दुकान के पास खड़े होकर किसी से बात कर रहा था। उसे देखकर वह पास आया।

'देवी टीचर कहाँ जा रही हैं?' उसने पूछा।

'रेलवे स्टेशन।'

'क्यों?'

'एक आदमी आएगा।'

उसने 'हाँ' किया।

तब देवी ने सोचा, उसके जाने की खबर कुरुप भय्या को नहीं दी। जब उसने कह दिया तब श्यामला के समान रघु के समान, वह भी मुँह फाड़े खड़ा हो गया।

वह विस्तार से कहने लगी:

'उस दिन याद है न? कुरुप भैय्या एक आदमी के साथ घर आये थे।'

कुरुप भय्या तब भी वैसा ही खड़ा था।

'क्या हम टीचर के घर आये? क्यों?'

'उसे बाहर निकालने के लिए। कल रात को बाहर न निकाल देते तो आज सुबह बाहर करोगे, यह कहने के लिए...'

'किसे?'

'पाण्डवपुरम से आए उस युवक को।'

कुरुप भय्या के चेहरे से अद्‌भुतभाव मिट गया। बदले में एक मूर्ख-हँसी खिली।

'पाण्डवपुरम? वह कौन-सी जगह है?'

देवी ज़्यादा कहने को रुकी नहीं। जाते वक्त वह आदमी अपने सारे परिचय मिटाकर चला गया। लेकिन ऐसा कहने पर इसकी समझ में नहीं आएगा। उण्णिमेनोन मास्टर और श्यामला को भी समझ नहीं आएगा। कोई समझता नहीं। वे सब लकड़बग्घे के समान हँसेंगे। शायद मुझे पगली कहेंगे। तीन-चार लोग चाहते हैं तो बकरी को कुतिया बना सकते हैं।

तब तक बस आई। शहर तक जाने वाले लोगों की भीड़ थी।

फिर रेलवे स्टेशन पर। केले के छिलके, थूक, कफ आदि पड़े वही सुनसान प्लेटफॉर्म। वही ठण्डा सीमेंट-बेंच। वह उस पर बैठी। लाल पोशाक पहनकर बूढ़ा पोर्टर सायंकालीन धूप जहाँ पड़ती है वहाँ बैठकर बीड़ी पी रहा है।

कई दिनों के अन्तराल के बाद पुनः उसी स्टेशन पर...

यात्रा की गन्ध वहन कर, हाँफते, फेन निकालते, मुश्किल से खींचकर आते डिब्बों में से उतरने वाले अपरिचित यात्री की तलाश में।

सभी यात्रायें यहाँ से शुरू होती हैं।

पहला आदमी जिस दिन आया तब उसके स्वागत के लिए मैं नहीं थी। लेकिन वह शिकायत करने वाला न था।

'अगला आदमी? उसका स्वभाव कैसा होगा?'

पाण्डवपुरम के जारों की कतार लम्बी होती जा रही है।

स्टेशन मास्टर के कमरे से आवाज़ सुनाई पड़ी।

थोड़ी देर बाद, बन्द झंडा लेकर जल्दबाज़ी में यूनिफार्म का बटन लगाते हुए स्टेशन मास्टर बाहर आ गया। गुरुवायूरप्पन का नाम लेते हुए पोर्टर की ओर देखकर सिर हिलाया। कीले के रोग वाले पैर की एड़ी के बूते हिलते डुलते पोर्टर आगे जाकर लगातार घंटी बजाने लगा। बर्दाश्त न होने पर भी रोकना ज़रूरी था, इसलिए रोक लिया। प्लेटफॉर्म के छोर तक जाकर पटरी की ओर थूक दिया।

धुआँ थूकती हुई गाड़ी रेंगती आई।

कुछ लोग उतरे, टिफिन बॉक्स लेकर सुबह उत्तर की ओर वे मज़दूरी पर गए हुए थे। चार-पाँच स्कूली-बच्चे। मछली की टोकरियाँ ढोते मुसलमान लोग। जमंती के पुष्प बालों पर लगाई, तांबूल की गन्ध फैलाती काली तमिल स्त्रियाँ।

कोई बदलाव नहीं है। उसने सोचा। रोज़ यही दोहराता है। एक जैसे थके हुए चेहरे। एक जैसी फटी हुई एड़ियाँ।

वह बेंच से हिली नहीं। लेकिन, आँखें भीड़ के बीच किसी को ढूँढ़ रही थीं। उनमें पाण्डवपुरम से आया कोई युवक है? कन्धों तक लम्बे बाल। ढीला लम्बा कुर्ता। काला पतलून।

सब चले गए। नहीं। वह नहीं है। आज भी नहीं।

वह धीरे से उठी। गेट पार करते वक्त सफेद वस्त्रवाला, काला लम्बा टिकट कलक्टर फिर से परिचयभाव से हँस दिया :

'आज भी आया नहीं है, टीचर?'

उसने सिर हिलाया।

'कब आयेगा, यह जाने बगैर यहाँ आकर इन्तज़ार करने से क्या फायदा है?'

जवाब दिए बिना वह जल्दी चली गई। वह पीछे आया :

'मालु ने आज भी कहा कि देवी टीचर कक्षा में आती नहीं हैं।'

'उँ।'

'क्या हुआ टीचर? क्या तबीयत ठीक नहीं?'

उसने तब भी 'उँ' कहा।

जवाब की प्रतीक्षा किए बिना उसने बात ज़ारी की:

'मैं एक बात बोलूँ, टीचर अन्यथा मत समझिए। टीचर का यहीं आकर बैठना मैं ही जानता हूँ। मैं किसी से अभी तक बोला नहीं।'

'लेकिन... टीचर रोज़ यहाँ आकर मत बैठिए। लोग जान लें तो...।'

देवी को हँसी आयी। वैयक्तिक स्वातंत्र्य पर क्या-क्या बेड़ियाँ आ पड़ती हैं। रेलवे स्टेशन आकर किसी का इन्तज़ार नहीं कर पाती। इन्तज़ार करते-करते आए मेहमान को घर में ठहरा नहीं पाती।

इन सबका निर्णय कौन लेता है? मेरे हाथ-पैरों में बेड़ियाँ डालने का अधिकार किसको है?

बस चलने लगी।

वह अब ट्रेन में होगा। देवी ने सोचा। पाण्डवपुरम तक पहुँचने में तीन दिन लगेंगे।

'जाने दो, जाकर मर जाए। कायर, कायर।' उसने कई बार दोहराया।

लेकिन, मैंने तुम्हारे अहं को गिरा दिया। तुम्हारे अहं पर गहरी चोटें पहुँचा दीं। आगे तुम जार का वेष पहनकर पाण्डवपुरम की गलियों में गर्व से चलोगे नहीं।

लेकिन, पाण्डवपुरम में जार और भी हैं। आने दे। एक-एक करके। आवाहन कर मैं ले आऊँगी। उनके विषैले दाँत निकालकर पहुँचते ही रातोरात वापस भेज दूँगी। किसी को भी पता नहीं होगा।

पाण्डवपुरम में बर्फ गिरना शुरू हुई होगी। दिन भर के काम के बाद ऊबे मन और ढीले शरीर के साथ आने वाले पति लोग साँचे में ढले मकानों में रेंगकर प्रवेश करेंगे। उनकी पत्नियाँ जारों के विष लगे अधरों के पड़ने से फूले हुए चेहरों के साथ उनकी प्रतीक्षा करती होंगी। जब पतियों का स्वागत करती हैं, और बाद में रात को उनके ठण्डे शरीरों से सटकर लेटते वक्त उन जार लोगों द्वारा दिए गए सुख को भीतर ही भीतर याद करती होंगी।

आने दे, एक-एक कर यहाँ। देवी ने दाँत पीस लिये।

घर के सामने खम्भे के सहारे खड़ी श्यामला का चेहरा रो-रोकर सूज गया था। आँखें लाल हो गई थीं।

'भाभी कहाँ गई थीं?' उसने काँपती आवाज़ में पूछा।

'रेलवे स्टेशन।'

'क्यों?'

'पाण्डवपुरम के जार की....।'

श्यामला ने फिर कुछ पूछा तक नहीं। आँखें पोंछते हुए अन्दर चली गई।

आएगा। ज़रूर आएगा। देवी ने सोचा: जिस दिन मैंने प्रतीक्षा की उस दिन पहला आदमी तो नहीं आया था।

दूसरा भी आएगा। ज़रूर आएगा।

कल, नहीं तो परसों।

❑❑